胶济铁路风云

于建勇 —— 著

JIAO–JI TIELU
FENGYUN

中国铁道出版社有限公司
CHINA RAILWAY PUBLISHING HOUSE CO., LTD.

图书在版编目（CIP）数据

胶济铁路风云 / 于建勇著 . — 北京：中国铁道出版社有限公司，2023.9
ISBN 978-7-113-30485-0

I. ①胶… II. ①于… III. 纪实文学－中国－当代 IV. ① I25

中国国家版本馆 CIP 数据核字（2023）第 155794 号

书　　　名：胶济铁路风云
作　　　者：于建勇

责任编辑：王晓罡　　　联系电话：（010）51873343
装帧设计：闰江文化
责任校对：安海燕
责任印制：赵星辰

出版发行：中国铁道出版社有限公司（100054，北京市西城区右安门西街 8 号）
印　　刷：北京盛通印刷股份有限公司
版　　次：2023 年 9 月第 1 版　 2023 年 9 月第 1 次印刷
开　　本：880 mm×1 230 mm 1/32　印张：10.5　字数：200 千
书　　号：ISBN 978-7-113-30485-0
定　　价：78.00 元

胶济铁路历经风云激荡，承载了
齐鲁大地的百年荣辱

序言

让历史烛照未来

　　初次接触胶济铁路，是在 20 世纪 70 年代，那时我才不到十岁，第一次随母亲乘火车，从高密去徐州，看望在铁路上工作的父亲。那时只觉得钢轨太长太长，伸向无尽的远方，列车太慢太慢，好久也到不了终点。600 多公里的路程，跑了十四五个小时。

　　一路上，我兴致勃勃地趴在车窗上，贪婪地看着飞速掠过、不断变换的风景，看着一座座大大小小、风格各异的车站，看着一台台呼呼冒烟、咆哮如雷的蒸汽机车，心中有说不出的兴奋。有时白色的蒸汽从窗前飘过，像云朵，真想伸手揽过来；有时黑色的煤烟顺着车窗灌进来，有些呛人，尽管如此，我还是忍不住把头伸出窗外，向着远方、向着带来这一切的车头方向张望。

　　从铿锵有力、高大威猛的蒸汽机车上，我感受到的是力量，机械的力量。机械，改变世界。每次重大的革命性的机械产品出现，都影响着历史进程，比如蒸汽机车。蒸汽机车，一个曾经震撼过世界的庞然大物。1825 年英国人斯蒂芬森发明的第一台蒸汽机车在铁路上行驶时，谁也不曾想到，它将引发一场意义深远的工业革命，带领人类进入一个机械化的动力时代。

后来了解胶济铁路，是 20 世纪 90 年代从事新闻工作之后，多次参与胶济铁路提速改造的报道。当时胶济铁路上跑的是内燃机车。从蒸汽机车到内燃机车，从烧煤到烧油，动力介质发生了根本性的变化。每一次动力介质的提升，都会带来改变世界的能量。

时代的车轮滚滚向前，发展的脚步永不停息。1997 年至 2007 年，全路实施了声势浩大的六次大提速。为了适应大提速，2003 年至 2006 年，胶济铁路首次进行了电气化改造，整条铁路就像一片沸腾的工地，空中地上，立体作业，蔚为壮观。电气化改造完成后，2007 年 4 月 18 日第六次大提速时，胶济铁路开行了时速 200 公里的动车组。那条优美的弧线就像一道白色的闪电，拉出一道亮丽的风景。

从胶济铁路的巨变，我感受到的是速度，发展的速度。如果把山东海岸线比作一张拉满弦的弓，胶济铁路就是一支蓄势待发的箭。这支箭，背靠资源丰富的内陆，伸向辽阔无垠的大海。

这是一个极具意象的隐喻。遥想 120 多年前，胶济铁路从海上走来，每一台机车、每一节车厢、每一条钢轨、每一根钢枕、每一座钢梁，甚至每一部电话机、每一个信号灯，都是从德国港口装船，历经风浪运到青岛。那时的青岛还是一个小渔村，那时的中国还不具备工业生产能力。如今，"中国制造"走出国门，走向海外，登上国际大舞台。位于青岛的中车青岛四方机车车辆股份有限公司，曾经的四方机厂，高端轨道交通装备出口全球 30 多个国家和地区。

再后来业余时间研读中国近代史，我阅读了许多专家学者的著作，如王守中的《德国侵略山东史》，刘大可、马福震、沈国良的《日本侵略山东史》，王斌的《近代铁路技术向中国的转移——以胶济铁路为例 (1898—1914)》，余凯思的《在"模范殖民地"胶州湾的统治与抵抗——1897—1914 年中国与德国的相互作用》等，对胶济铁路的历史纵深有了更深入的了解，深感这是一座富矿，一座蕴含着大量宝藏的富矿，"矿脉"既宽、又厚、且长，上下绵延百余年，纵横波及海内外，挖掘任何一条"矿脉"，都可开采出一片"锦绣"；抽取任何一个小事件，都可以做成一篇大文章。

2013 年，我有幸参与了胶济铁路陈列馆的筹建。2015 年，又参与了胶济铁路陈列馆的扩建（扩建后更名为"胶济铁路博物馆"）。在这期间，我又接触了大量原始资料，如青岛市档案馆、中国第一历史档案馆编的《胶州湾事件档案史料汇编》，青岛市档案馆译的《青岛开埠十七年》，班鹏志的《接收青岛纪念写真》，胶济铁路管理局编的《胶济铁路接收四周纪要》《胶济铁路接收八周纪要》（周，指周年）等，顿觉胶济铁路是一部大书，一部波澜壮阔的大书。从这部大书中，我感受到的是厚重，历史的厚重。中国近代史上许多重要历史事件，都与胶济铁路息息相关，如济南开埠、日德战争、巴黎和会、五四运动、济南惨案、中原大战……

走到时光深处，我就像回到了历史现场，借由函电往来、专题专著，得知整个事件的发展过程；借由当事人的回忆录，得知他们的所思所想。了解了这些，当再次面对那些老照片时，就感觉场景立体起来，人物鲜活起来，面孔生动起来，有了温度，真切地感受到历史跳动的脉搏，感受到波翻浪涌、潮起潮落，感受到花开花谢、云卷云舒。

百年胶济路，一部大历史。一条不足 400 公里的铁路，看似冷冰冰的钢轨，经历过多少血与火，承载着多少伤与痛。当我触摸着胶济铁路博物馆锈迹斑斑的百年钢轨时，仿佛感受到沉浸在钢轨深处斑驳陆离的百年风云。当我寻访胶济铁路百年遗迹，打捞鲜为人知的陈年往事时，一段段活生生的历史仿佛从地下冒出来，一个个活生生的人仿佛在眼前立起来，我觉得有责任把这些历史呈现出来。

历史是一面镜子，从历史中，我们能够更好地看清世界、参悟生活、认识自己；历史也是一位智者，同历史对话，我们能够更好地认识过去、把握当下、面向未来。历史是一条流动的河，一切皆流，无物常驻；一切过往，皆为序章。

让历史烛照未来，我们责无旁贷。

目 录

第一章

列强觊觎胶州湾

黄海之滨，一泓碧水静静地躺在胶州湾的怀抱里；中欧大陆，一个列强正垂涎着这条美丽的海岸线。李希霍芬的专家视角、德国皇帝的谋霸雄心、建筑学家的秘密考察、驻华公使的无事生非、德军压境的武力威胁，不仅印证了胶州湾的重要地位，也注定了胶州湾的不幸命运。借由一纸不平等条约，德国攫取了梦寐以求的胶州湾，也攫取了铁路修筑权及其附加利益。

一双脚步探山东

在影视作品中，常有这样的镜头：重要人物出场，轿车停稳、车门开启的一刹那，给即将落地的脚一个大大的特写。以此来隐喻这双脚所带来的震动。

一

19 世纪 60 年代的山东，黄尘古道，芳草萋萋，木轮马车，吱扭作响。当一名地理学家踏上这片土地的时候，我想也应该给这双脚来一个大大的特写，因为这双脚将给这片土地带来不小的震动。

这个人就是李希霍芬，是 19 世纪著名的地理学家、地质学家，在德国具有很高的名望。

李希霍芬写有一部巨著，名字就叫《中国》，因距今逾百年，这套书存世极少，流传到中国更是少之又少，其中一套就在胶济铁路博物馆。我曾认真翻阅过这部巨著，特别是写有山东内容的第二卷，尽管我看不懂德文，但透过里面的各种地图、插图，能真切感受到此书考察之深入、记录之详尽、绘图之精细。

李希霍芬曾用绘画记录自己的考察——他年轻时学过绘画，而且颇具天赋，其中一幅就是前往通州路上的自画像：一驾木轮马车朝画面左方行驶，一位留辫的仆人在马车右前方挥鞭赶车；车篷罩有拱形顶蓬，顶蓬两侧设有探窗，顶棚前搭着凉棚，凉棚下坐着李希霍芬；他身着西装，手持文明棍，一副绅士打扮，坐在左侧辕上，左手持杖，右手扶帽，左腿垂于车下，右腿立于辕上，目光望着前方；路上有石，背景隐约似树，又或是山。

从这张画像上可以看出路途的崎岖。从某种意义上讲，地理学家，也是探险家。

⊕ 李希霍芬前往通州路上的自画像。

⊕ 李希霍芬

二

　　李希霍芬曾先后两次游历中国。第一次是 1859 年，他以普鲁士外交使团科学特派员的身份踏上过大清国土。

　　这是普鲁士外交使团首次造访中国。这个使团负有一项秘密使命：效仿英国，获得一块类似香港的海军锚地和商业港口。当时德国的目标是台湾，而年轻的李希霍芬，职责就是实地勘测、以咨选址。李希霍芬也对台湾推崇备至，但这个建议却遭到团长艾林波伯爵的否决。

　　这次访华的重要成果，是在 1861 年 9 月与清政府签订了《通商条约》，得到与英法相同的优惠待遇。之后李希霍芬并未随团回国，而是在途经北美时，留下来参与了加利福尼亚地区的金矿勘探。当地财团对他的经验颇为激赏，以至于他一提出要考察中国，加利福尼亚银行就决定予以资助，让他开展一项旨在发现商业机会的对华考察活动。

1868年，李希霍芬带着加利福尼亚银行的资助从上海登岸。在那里，他得到上海欧美商会提供的旅华4年的经费，条件是他必须用英文提交关于中国经济，特别是煤矿资源的报告。可见欧美商会对中国经济的高度关注。而李希霍芬无疑充当了探路者的角色。这是李希霍芬第二次游历中国。

1868年到1872年的4年间，李希霍芬以上海为基地，7次出行，对中国18个行省中的14个进行了地理地质考察，足迹遍及今天的江苏、浙江、江西、湖南、湖北、河北、山西、山东、陕西、甘肃、四川、内蒙古、辽宁、吉林等省区，纵横大半个中国。

1869年3月底到5月上旬，李希霍芬重点考察了山东。

李希霍芬对山东的第一印象非常好，他在自己的旅行日记中这样记录：

> 这里的人穿着好一些，而且举止更加文明，我们之前总听到的"洋鬼子"那个词再也没有人喊了。之前见过的街道大都很破败，现在却既宽又干净，铺着大石条，甚至路两边还栽上了树。这在江苏省从来没见到过。

李希霍芬在旅行日记中还记录了他在考察山东时的起居：

> 四点就得起床，穿衣服、吃早饭、收拾和往车上捆绑行李就得花两个小时。然后就上路，11点到1点得吃中饭，牲口也得喂饱。

⊕ 着中式服装的李希霍芬（二排右三）和家人。

然后继续走，一直到 6 点，中间还要搞定晚饭。当其他人都睡了以后，我便开始写作和绘图。经常要干到半夜，第二天还要 4 点就起床。如果路况较好，并且沿途无可看的话，我还能在车上补一补觉。每天我都写详尽的日记，一天不差，因为有些东西如果不立刻记下来的话，很快就忘了。

正是通过他的日记，我们得以了解他考察山东的详细行程。

李希霍芬对潍县煤矿特别看好，他认为虽然潍县煤矿的名气不如博山大，但是潍县的煤矿更加值得关注。这里煤层广阔，储量丰富，目前只有一部分被发现，而且它们当中只有较厚煤层的最上层被开采。

基于此，李希霍芬提出一个大胆设想：从潍县去往平度的道路很平坦，就算不以芝罘为起点，而以金家港为起点建造铁路的话，也足以把以潍县为中心的山东内部巨大的贸易市场连接起来。

李希霍芬所说的"金家港"，即位于即墨和莱州之间的"金家口港"，是明清时期的著名港口，商贸往来非常繁盛。李希霍芬经过考察发现，潍县的煤矿可以和沂州府的煤矿媲美，而且潍县所处的地理位置更为优越，更适合外国资本投入。

三

如果仅此而已，李希霍芬的考察只是学术研究，可他的结论却指向了政治和军事。他认为：胶州湾乃中国最重要之门户。1870 年，他在给德国政府的密报中写道："欲图远东势力之发达，非占胶州湾不可。"

作为普鲁士人，李希霍芬把德意志帝国的统一和强大视为最高理想。比如，在考察完舟山群岛后，他就在日记中写道："如果普鲁士政权想在中国占领一座自由港的话，舟山是个不错的选择。""天津教案"发生后，他致信父母坦言，对中国"或许最后将不得不使用武力，那时我之前在中国的考察将会派上用场了"。

他对自己祖国的虔诚从一个细节中可见一斑。即便在最艰苦的中国乡村，即便必须将行装缩减到最低限度，他也一直坚持着"如果还有一张桌子的话，就铺一面德意志国旗在上面"的做法。

他认为：除了长江边的镇江外，只有胶州湾符合于一个伸展到华北的铁道网的海岸据点的条件。以胶州湾为中心的铁路网，将替华北的棉花、铁和其他产品创造一个便利的出路和使进口货便宜地通往一些重要的地区。对于德国，则是在将山东纳入势力范围的同时，又拥有了广大的中国腹地。

别看李希霍芬对胶州湾如此推崇，其实他并没有到过胶州湾。当时他从潍县转向莱州，于5月10日到达芝罘，随后到辽东半岛去了。李希霍芬对胶州湾地位的判断，是他根据考察资料进行的地理总结。

李希霍芬曾多次通过送达柏林的备忘录，向有"铁血宰相"之称的俾斯麦陈述占领胶州湾的建议，然而一贯奉行"大陆政策"的

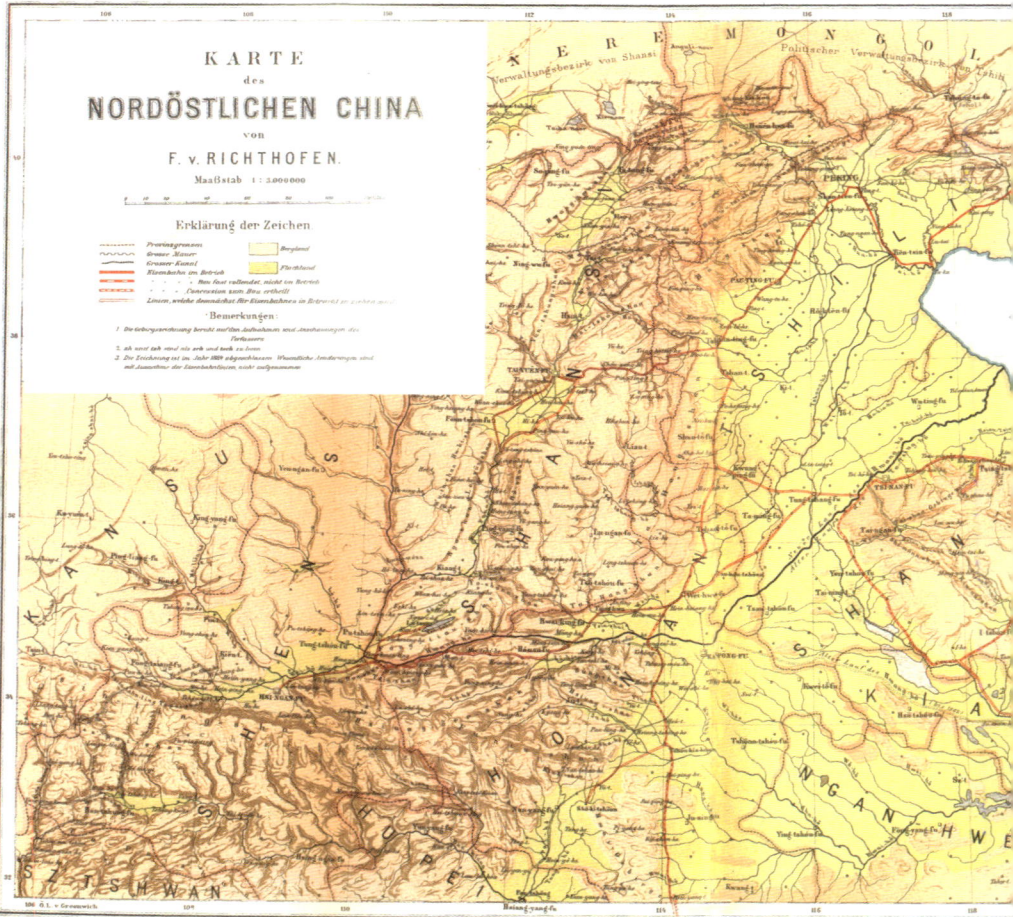

① 李希霍芬著作《中国》第二卷中的山东地图。

俾斯麦却未置可否。

1890 年，俾斯麦倒阁，即位不久的德皇威廉二世开始由内敛的"大陆政策"向海外殖民扩张的"世界政策"演变。李希霍芬关于中国的考察报告和备忘录，被奉为"指向远东的手杖"。

1897 年 11 月，德国借口"巨野教案"侵占胶州湾。李希霍芬随即上书德国政府，建议设南北两条铁路线，南线从胶州至沂州，北线从胶州至济南。

那时，李希霍芬是柏林大学的教授，还是德国殖民委员会成员。德国政府交给李希霍芬一项重要任务，负责制定租借胶州湾和扩建青岛港作为通向中国大门的计划及其实施方案。后来德国在山东的铁路建设，基本上是按李希霍芬的设想实施的。

李希霍芬对中国的深入研究，为西方列强，特别是德国的入侵提供了直接帮助。难怪鲁迅先生曾感慨："一文弱之地质家，而眼光足迹间，实涵有无量刚劲善战之军队。盖自利氏（指李希霍芬）以来，胶州早非我有矣。"

四

在李希霍芬离开山东 16 年后的 1885 年，他根据在中国的调查结果，出版了以近代科学测绘技术绘制的《中国地图集》，其中包含比例尺为 1:750 000 的《山东东部地图》，这张地图是第一张标注了在山东修建铁路线的地图。这地图上的轻轻一笔，对山东近代史产生了深远影响。济南开埠、五四运动等重要历史事件都与胶济铁路密切相关。

《中国地图集》中还有第一份中国地图、第一份中国地形图、第一份中国地质图等。西方世界惊呼："直观的中国从这里敞开大门。"

1898 年 5 月，《胶澳租借条约》签订两个月后，李希霍芬迅速出版了他的《山东及其门户胶州湾》，提出："必须努力将其（胶州湾）打造成进入中国东北部各省的海路门户，这个目标只有借助拥有向内地延伸的铁路才能实现。"

其实，"胶济铁路"是后来的叫法。在最初的正式文件上，这条铁路被称为"山东铁路"。德国在柏林成立的公司叫"山东铁路公司"。

胶济铁路像一辆战车，从沿海向内地隆隆推进。1901 年 4 月，筑至胶州；1902 年 6 月，筑至潍县；1903 年 4 月，通至青州府；9 月，到达张店……1904 年 6 月 1 日，通至济南。

需要特别说明的是，第一辆从胶州湾开出的火车，被命名为"李希霍芬号"。

胶济铁路全线通车一年后，李希霍芬的生命也走到了尽头。1905 年 10 月 6 日，带着许多光荣和诸多非议，72 岁的李希霍芬在柏林去世。

国人对李希霍芬有着不同看法，对此，我很认同以下两个观点。

中国人民大学历史学院教授郭双林、硕士研究生董习："当专家的视野和传教士般的热情结合在一起贯穿于国际政治，再美好的初衷也必然结出可怕的后果。"

青岛市档案馆孙保锋："在特定的历史境界中，李希霍芬的调查活动让他不可避免地握住了一把双刃剑，一面是开创性学术研究带来的崭新气象，一面是殖民者掠夺野心发出的闪闪寒光。"

风雨如晦胶州湾

因为在青岛工作，我时常会到栈桥走一走。面对大海汹涌的波涛，我总会不由自主地联想起120多年前德军从这里登陆的情景。1897年11月14日晚，渤海海峡发生强烈风暴，把德国驻华公使及夫人乘坐的轮船吹得剧烈摇晃，而他们掀起的政治风暴却比这要猛烈得多。

一

1897年8月，一份秘密调查报告摆在了德皇威廉二世的案头。这份报告让威廉二世对胶州湾有了非常透彻的了解，也为德国东亚巡洋舰队三个月后占领胶州湾提供了精确的坐标。

威廉二世登基以后，一改俾斯麦推行的欧洲"大陆政策"，积极推行海外殖民扩张的"世界政策"。他的梦想也非常霸气："德意志帝国要成为世界帝国，在地球遥远的地方，到处都应当居住着我们的同胞。"

19世纪80年代末，德国崛起。由于兴起较晚，当它加入西方列强行列时，全世界几乎被瓜分殆尽，而中国成了最后一个未被分割完毕的市场。在中国寻求一块类似香港的地盘，成为德国的迫切愿望。

为达到这一目的，德国蓄谋已久。

1895年德国联合法、俄两国，迫使日本放弃中国在《马关条约》中割让的辽东半岛，企图以此向中国索取土地回报，但未能如愿，只获得了对华借款和天津、汉口两个租界。

1896年2月，德国向清政府提出在中国"借地贮煤"的要求，清政府恐怕其他国家援例照办，婉言拒绝。

1896年6月，李鸿章访问俄国后途经德国，德国再次提出索取海军基地的要求，依然没有结果。

德国耐不住性子，决定诉诸武力：军事占领！

可是占领哪里合适呢？海军建议同时选择一南一北两个地方，海军署国务秘书霍夫曼提出三个选项：舟山群岛和厦门岛；胶州湾和广东大鹏湾；莞岛和澎湖列岛。

第一个选项最受青睐，因为这两地经济发达。

德国外交部则认为，舟山群岛已属英国势力范围；澎湖列岛已被割让给日本；厦门作为条约口岸同样行不通；莞岛距离俄国控制的满洲里太近。占领这些地方都容易与其他列强产生冲突。外交大臣马沙尔认为：从政治上看，只有胶州湾值得考虑。

海军总司令部依然坚持占领舟山群岛，认为胶州湾不能用。

双方各持己见，计划一度搁浅。威廉二世很不满，要求尽快敲定。

1896 年 5 月，蒂尔匹茨走马上任德国东亚巡洋舰队司令，立即展开实地考察。9 月，他提议选取胶州湾。德国驻华公使海靖也持同样主张。11 月，海军总司令部放弃此前意见。各方终于达成一致。

1896 年底，德国把占领地点选定在胶州湾。

此刻的胶州湾似乎风平浪静，驻守于此的清军更是麻痹大意，根本没有意识到，德军已经把枪炮瞄向自己。

德国的准备工作于 1897 年展开。

海军署领导下的殖民军队组建完成，东亚巡洋舰队战船在上海吴淞集结就绪。连未来港口建设问题都开始考虑了。胶州湾建立海港和防御工事的自然条件，需要专家调查评估。调查工作落在了弗朗裴斯身上，他是德国海军部建筑顾问、筑港工程师、基尔港口工程指挥。

1897 年 5 月 3 日，身负威廉二世密令的弗朗裴斯，开始对胶州湾进行精确调查。他在胶州湾逗留了 5 天，足迹所至，细微到每一处岛屿、岸线，每一片滩涂、沙礁，他完成的调查报告，洋洋万言，涉及海湾面积、岛屿、岸滩、气候风向、地质构造、工业交通及商业价值、发展远景等 26 项内容。

弗朗裴斯获得的一系列数据，直接提供给德国新任东亚巡洋舰

⊕ 棣德利

队司令、海军上将棣德利，成为德国舰队占领青岛精确的坐标。

弗朗裘斯的报告于 8 月份到达柏林，他证实胶州湾可用于海军目的。弗朗裘斯还呈寄了自绘的地图，并提出了建造海港、船坞和铺设铁路的建议。中国的防御工事和军事力量被侦察得一清二楚。

而这一切，清军还蒙在鼓里。

二

自从盯上胶州湾后，德国就处心积虑地找借口。

就在德国作出夺取胶州湾决定的 1896 年，德国外交部召回原驻华公使绅珂，代之以海靖（Heyking）。

说来很有意思，海靖这个中文名字还是恭亲王奕䜣改的。

海靖，原译"海静"。奕䜣说："君来寻好，而名旁有争音，非佳象。留静之左青为音，而加立为形，曰靖，可乎？"靖，在汉

⊕ 海靖

语中有平安、安定之意。海靖大悦，自此改名。

为德国海军谋求一处军港是海靖使华的核心职责。他的策略是，"激怒中国人，中国人就会犯错"，从而找到占有基地的借口。

1897年2月26日，海靖声称受到了侮辱。其实事儿也不大，当时各国驻京公使应邀觐见大清皇帝，参加为外交使团举行的新年招待会。法国公使退出时，未按礼制从左门出，而是径直从中门出，海靖随之。执礼大臣敬信扯住海靖衣袖，试图把他拽到小路上。海靖夺袖而去，派秘书和翻译向总理衙门递交了抗议信，要求敬信亲自到公使馆向他赔礼道歉，否则将不会出席第二日为使团举办的盛大宴会。

第二天，总理衙门送来了一份公函，指责海靖走错了路。海靖则坚持是敬信失礼。第三天海靖再次致信总理衙门，要求敬信必须亲自登门道歉。海靖威胁道，假如中国官员不立即到德国公使馆来赔礼道歉，德国将与中国断绝外交关系。

眼看事儿闹大了，清廷也顾不了那一套等级森严的礼制了，只得向海靖屈服，派李鸿章和敬信前去赔礼才算了结。此为"抽袖事件"。

海靖也不好再提什么额外要求，只好暂且收兵。

8 个月后，海靖又找到了一个可以大做文章的机会。

10 月 30 日，武昌市民向德国汽艇扔石头。当时海靖正在武昌拜访湖广总督张之洞，并视察在汉口的德国租界。实际上是他乘坐的军舰"鸬鹚号"上水手故意寻衅，结果与当地市民发生冲突。此为"石头事件"。

海靖随即给德国外交部和在上海的东亚巡洋舰队司令棣德利分别发去了电报，决定继续待在这里，让整个事件闹大。

海靖向张之洞提出了无理的赔偿要求，德皇命令外交部和海军部一起商量如何利用这个事件作为索取胶州湾的借口。张之洞当然明白海靖的企图，他立即同意海靖的赔偿要求。

11 月 2 日，海靖收到德国外交部的电报："如果需要军事介入的话，可以直接向柏林发密电。"

让海靖高兴的是，一个比"石头事件"更好的借口来了。

11 月 4 日，在汉口德国领事家中，海靖收到山东传教会遭袭的电报，是两个德国传教士被杀的"巨野教案"。

德皇闻后大喜，立即命令棣德利兵发胶州湾。

三

巨野教案发生后，在汉口的德国公使海靖，11 月 7 日向总理衙门发出抗议照会，9 日赶到德国东亚巡洋舰队所在的吴淞口。此刻，奉德皇密令的司令官棣德利正准备率舰队于次日拔锚北上。海靖向棣德利表示，他会在谈判桌上为棣德利争取时间。

14 日，德军占领胶州湾。清政府总理衙门获悉后，积极谋求与德方谈判，德方以公使外出为由拒绝马上谈判。

为应对危机，总理衙门大臣李鸿章谋求以俄制德，于 15 日夜访俄国领事馆。俄国公使巴夫洛夫答应向国内发电派舰队赴胶州湾压德国退兵。事后证明这是敷衍，因为德皇与沙皇已达成秘密交易。

李鸿章夜访俄国领事馆那天，德国高层也在积极磋商。威廉二世说："注意提醒海靖，要为帝国海军争取足够的时间。眼下刚刚介入谈判，对中国提出的赔偿要高，使他们难以办到，从而为日后长期占领胶州湾制造理由。"

随后，威廉二世决定：派一支 1200 人的地面部队前往胶州湾。同时任命皇弟海因里希亲王为帝国第二舰队司令，率军前往胶州湾。

11 月 20 日，清政府派恭亲王奕䜣，军机处大臣翁同龢、张荫桓等与 18 日抵京的海靖进行谈判。

谈判桌上，海靖提出 6 项条件。中方回应，先退兵，再商谈。海靖拒绝，谈判中止。总理衙门发出三道照会，要求重启谈判。海

⊕ 德军占领青岛清军兵营。

靖托辞：咽喉肿痛，无法会谈。李鸿章只好委托日本公使矢野出面劝说。海靖大为光火："怎能让第三国干涉？"他蛮横地表示，只要中国政府声明同德国的谈判是在德国占领胶州湾的情况下进行的，他才答应谈判。中方只好答应先不谈撤兵问题，只谈教案问题。

教案谈判终于以中方高额赔偿结束。但德方又提出新的赔偿要求，理由是派军舰保护在华国民花了不少钱。中方无力支付，海靖暗示："同意德意志帝国租借胶州湾应当是一种合宜的补偿方式。"

他终于道出了德国的"小算盘"。

第二年，谈判转到德国租借胶州湾及其在山东的特殊权益上。中方极力避免正式割让胶州湾，提出若干可供选择的替代方案，如"出让南方的另外一个港口"，甚至"计划用一份密约私下割让胶州湾"。威廉二世坚决反对，坚持"体面地建立一个完全由德国统治的'殖民地'"。

威廉二世想把"巧取豪夺"变为"明媒正娶"。

谈判进展十分迟缓，威廉二世十分恼火，命海靖迅速缔结条约。海靖向中方发出威胁，如果不立即就范，将扩大军事行动范围。此刻，海因里希亲王率舰队正在途中。总理衙门只好屈服，同意出租胶州湾。

1898年3月6日下午，《胶澳租借条约》在北京签字。李鸿章、翁同龢沉重地签上了自己的名字。德方如愿以偿。当晚，翁同龢在日记中写道："以山东全省利权形势拱手让之腥膻，负罪千古矣。"

如今，这份条约的复制件静静地躺在胶济铁路博物馆的展柜里。望着这份条约，仔细打量双方代表的签名，海靖龙飞凤舞，李鸿章、翁同龢笔意凝涩，让人仿佛能感受到双方当时的心情。

四

1897年11月6日，当德皇威廉二世命东亚巡洋舰队兵发胶州湾之后，处事谨慎的首相何伦洛熙建言，按照之前达成的默契，得到俄国赞同的答复以后再动手才行。

这是因为，早在1896年8月，俄国公使喀西尼就通告德国驻华公使海靖，俄国对胶州湾的权利已经得到中国政府的保证。其背景是：俄国借"三国干涉还辽"有功，向清政府索取了俄国舰队在胶州湾越冬的特权。

就在"三国干涉还辽"期间，威廉二世致信沙皇尼古拉二世，如果俄国期待在中国获得部分领土，德国将乐意提供帮助。不过前提条件是，俄国也应该同意德国在不妨碍俄国利益的时候，在某个地点取得一个港口。尼古拉二世表示"绝没有任何反对"。

那时，李鸿章对俄国甚为倚重。1896年5月，他代表清政府与俄签订了《御敌互相援助条约》，第三款规定："当开战时，如遇紧要之事，中国所有口岸，均准俄国兵船驶入，如有所需，地方官应尽力帮助。"后来一再有人声称，胶州湾已经被租借给俄国，或者说，俄国以其他方式获得了对该海湾的要求权。这些信息使德国政治领导人深感不安，因为考虑到胶州湾有可能对欧洲政治局势产生可怕的反作用，所以必须避免与俄国的对立。

基于此，威廉二世于同年 8 月访俄，密谈胶州湾问题。尼古拉二世表示，俄国在没有取得一个心目中已经决定的更北的海港前，还有意保证在该港的进出，但允许德国共同使用。在它撤出时，不反对把该港交给德国。两国君主对于使用胶州湾达成了私下谅解。

9 月 21 日，德国正式通知俄国，德国舰队拟在胶州湾过冬。10 月 1 日，海靖将这一决定通告总理衙门，总理衙门立即予以拒绝。

当德国诉诸武力于 11 月 4 日侵占胶州湾后，也担心俄国干涉。但俄国公使在 18 日通知总理衙门，俄国舰队已接到驶往胶州湾的命令，很快又于 20 日通知总理衙门命令被撤消。这让指望"以俄制德"的李鸿章十分失望。

其实李鸿章并不知道，俄德之间的秘密交易早就开始了。

11 月 7 日，威廉二世向沙皇致电："根据我们在彼得霍夫会谈的精神，我想您肯定会赞成我所采取的派遣德国舰队前去胶州湾的。"沙皇当天回电："我既不赞成，也不反对您下令派遣舰队到胶州湾，因为我最近才获悉，这个港口仅在 1895 至 1896 年暂时属于我们。"

一天后，形势急转直下。俄国外交大臣穆拉维约夫提出"优先投锚权"，实际上是想收回沙皇所说的"暂时停泊权"。俄德关系骤然降温。威廉二世说："外交上的冷漠对峙是暂时的，俄国不会因此而与我们交战。……眼下特别应当注意软化俄国人的神经。"

威廉二世巧施"柔术"。11 月 22 日，德国海军在基尔港举行新兵登舰仪式，恰值俄国巡洋舰队在附近停泊，威廉二世特命主持仪式的海因里希亲王邀请俄舰司令乌赫托姆斯基出席，极尽笼络之能事。海因里希亲王向俄舰司令询问对胶州湾一事的看法，乌赫托姆斯基不假思索地答道："我们对这个港湾不感兴趣。"

很快，俄国人不再提"优先投锚权"，而是暗示说他们将谋取一个能替代胶州湾的新港口。这样看来，俄国此前的动作，不过是想以此来换取德国对俄国占领中国其他海军基地的承认。

12 月 18 日，俄国军舰闯入旅顺港。威廉二世次日即向沙皇致电祝贺。十几天后，李鸿章问俄国公使巴夫洛夫何时撤兵，巴夫洛夫反问："德国何时从胶州湾撤兵？"

恶例已开，清政府已无法回绝。此后，瓜分中国，大幕开启。俄国强租旅顺、大连湾，英国强租威海卫，法国强租广州湾……

百年后的今天，再次端详爱国华侨谢缵泰 1898 年所画的《时局图》，我们仍然能感受到当时列强环伺、瓜分豆剖的沉重危机。"中华民族到了最危险的时候"，这句具有强烈忧患意识的歌词，任何时候都不会过时。

居安者思危，思危者长安。

⊕ 青岛栈桥宛若一支巨锚，伸向大海。刁红民／摄

胶济铁路海上来

走进胶济铁路博物馆，就像走进了时光隧道。这里有 19 世纪的德国钢轨、钢枕，还有早期的铁路信号灯、磁石电话机……看着一件件锈迹斑斑的文物，不禁感慨时光如刀，纵然是钢筋铁骨，也禁不住时光的打磨，纷纷扬扬，碎了一地。捡拾起任何一块碎片，都会牵出一段鲜为人知的陈年往事。

面对这些西方工业革命的产物，面对这些蒸汽时代的见证者，从岁月的风蚀雨剥，我想到了海上运输的风风雨雨，想到了吞没船只的惊涛骇浪。因为，胶济铁路从茫茫大海上走来……

让我们把时光的胶片转回到 120 多年前的大西洋。

一

1899 年 7 月，德国北部港口汉堡，一艘满载建筑材料的帆船"享尼·埃列门号"驶向茫茫大西洋。它的目的地，是太平洋西岸中国东部的青岛。

这是一趟漫漫旅途：沿大西洋东岸南下，到达欧洲、非洲之间的直布罗陀海峡，向东，横穿地中海，转东南，过苏伊士运河，出红海，经亚丁湾、印度洋，过马六甲海峡，到南海，沿马来西亚和菲律宾北上，经东海，到青岛。

当这艘船鼓起风帆，向汉堡挥手告别的时候，万里之外的青岛也在翘首企盼。在那里，刚刚占领这里的德国殖民者，正怀着征服者的喜悦和建设"模范'殖民地'"的美好愿望，在这里大兴土木。

1898年3月6日，通过业已签订的《胶澳租借条约》，德国不仅攫取了梦寐以求的胶州湾，也攫取了在山东修筑胶济（青岛—济南）、胶沂济（青岛—沂州—济南）铁路及开采沿线矿产等特权。

条约包括"胶澳租界""铁路矿务等事"和"山东全省办事之法"，共10款。其中"铁路矿务等事"第一款规定："中国国家允准德国在山东盖造铁路二道：其一由胶澳经过潍县、青州、博山、淄川、邹平等处往济南及山东界；其二由胶澳往沂州及由此处经过莱芜县至济南府。其由济南府往山东界之一道，应俟铁路造至济南府后，始可开造，以便再商与中国自办干路相接。此后段铁路经过之处，应于另立详细章程内定明。"

这是一个未来可期的市场，资本的力量开始强劲注入。

1899年初夏，德国柏林。伴随着气温的回升，胶济铁路投资争夺战也随之升温。最终，以德意志中央银行为中心，包括德亚银行在内的 14 家大银行胜出。他们联合成立德华股份公司，投资 5400 万马克，并在柏林成立山东铁路公司，在青岛设立办事处，负责铁路建设等事宜。

9 月 23 日，山东铁路公司在青岛举行开工典礼。典礼规格很高，德皇威廉二世的弟弟海因里希亲王亲自参加，并在奠基典礼上铲了具有象征意义的"第一锹土"。

肥水不流外人田。按照德国政府铁路许可权的规定，铁路建设要尽量购用德国材料。因此，几乎所有建材都是由山东铁路公司的柏林经理处在德国采购的。

1899 年夏季和秋季，柏林经理处采购了一批物资。其中，四家德国工厂负责生产铁桥及涵洞部件，这些部件重 6000 吨。总重量 65 000 吨的小铁器，交付德国工厂加速生产，在数年内完成。

与此同时，全线首批所需的 24 部机车、65 节客车、10 节行李车和 655 节货车，也在同年向一批德国工厂进行了定货。

这样，到铁路建设初期，所需物资通过合同定货的总重量，已经达到了 105 000 吨，价值 2300 万马克。

二

随之而来的一个迫切问题是：把这些物资尽快运到青岛。

当时的青岛，已经成为一片亟待开发的热土。胶澳总督府的土地管理部门已批准了铁路的规划。根据规划，在保护区内要修建两座车站：在正在施工中的大港附近建一总站，将来货物可在这里直接由船向火车上装卸或由火车装船，另外还将在青岛湾附近建一市区站。

这个"市区站"就是后来的青岛火车站。它始建于 1900 年，竣工于 1901 年。当然，中间经历了不少波折。最初的规划方案，是将车站设在栈桥一带，以便实行海铁联运。但此举导致铁路弯道太大，技术要求太高。加之栈桥的货运码头功能被大港码头所取代，所谓的海铁联运意义不大。于是，车站地点移至现在的位置。

1899 年 9 月，在确定完成线路所需的一切前期工作后，大规模的建筑工程，从青岛和胶州两个地点开始了。

把修筑这条铁路所需的建材，以及今后运营所需的机车、车厢，从德国漂洋过海运到青岛，显然不是一件容易的事儿。

当时，德国最大的两家航运公司德意志劳埃德航运公司和汉堡－美洲航运公司接受委托，承担了主要运输任务。

两家公司每年派六艘轮船由汉堡、不来梅或经过比利时的安特卫普，驶来青岛。由于青岛没有适合现代海运要求的设施，吃水很深的大型货轮不得不停泊在海湾外，然后通过舢板卸下所载的货物。在那些笨重而体积巨大的部件运输中，如机车、车厢、桥架等，常常出现舢板经不起重负而沉翻，或者出现搁浅，然后又不得不花费许多时间和费用使它们再次浮起来。其中的艰难可想而知。

基于此，德方加快了对小港码头的建设，到 1901 年春天的时候，

⊕ 青岛大港码头。

⊕ 青岛小港。

吃水 4 到 5 米的轮船和各种舢板就都能停靠了，并且铺设了路轨与铁路相连，大大提高了物资运输的效率。

当时，一些贵重物资，如机车、车辆、钢轨，都是通过轮船运输。一些不太贵重的物资，如混凝土、电线杆、建筑木材，为了节省运费，则改为帆船运输。由此也埋下了事故隐患。

三

1900 年 7 月底，"享尼·埃列门号"失踪一年后，装有 3200 根电线杆的"苏特兰舍尔号"，在苏门答腊以南海域粉身碎骨。

联想到电影《泰坦尼克号》所展示的惨烈景象，我能想象到水手们在海水中奋力挣扎的身影。他们绝望的呼嚎被大海无情地吞没。一同吞没的还有本应立在胶济铁路上的 3200 根电线杆。沉到海底的这些电线杆，在海水的常年浸泡下，也许早已粉化，又或许被珊瑚等海藻生物所覆盖。大海，成为这些水手和建材的永久墓地。

发生事故的，不只是"苏特兰舍尔号"。

同年 5 月，载有 6000 桶水泥的"苏柯特拉号"，在航线上着火。

同年 11 月，载有 5000 桶水泥的"奥西登号"，在斐济群岛着火，船员不得不把水泥卸到那里的海滩上。

山东铁路公司为预防海上运输的损失，与五家德国保险机构签订了海上保险合同。在运输途中，曾有两艘运送水泥的帆船失踪，三艘在海上着了火并导致货物全部报废。

在胶济铁路修建的 5 年里，从汉堡到青岛，在漫长的航行中，有多少脆弱的船只经历过类似的恐惧，现在已没有办法完全统计。

尽管海上运输险象环生，可是承担运输任务的货船依然源源不断地从德国港口向青岛大举进发。因为胶济铁路正从青岛向内陆隆隆推进，没有海上运输的强力支援，铁路建设就无从谈起。

大海与铁路，似乎风马牛不相及的两者，就这样紧密联系在一起。

截至1900年，先后有 17 部机车、7 部煤水车、4 节二等旅客车厢、24 节三等旅客车厢运抵青岛。到 1901 年底，共有 16 艘轮船为山东铁路运来了 60 000 吨铁路物资。

所有这些设备在装船运输时都是拆卸成零件，运抵青岛后再重新组装起来。为此，他们建立了能担负全部设备装配任务的四方机车车辆厂。

可以说，胶济铁路开行初期，每一台机车、每一节车厢、每一条钢轨，以及架桥的每一座钢梁，甚至用于通信的每一部电话机、每一个信号灯，都亲历过海浪的颠簸，经受过海风的洗礼。

站在胶济铁路博物馆 1900 年的德国钢轨、钢枕，还有早期的铁路信号灯、磁石电话机前，我仿佛听到了海风的呼啸，嗅到了海腥的味道……

铁路弯弯为哪般

铁路宜直不宜弯，但也有例外，如铁路展线，是为了爬坡。一些弯道，是为了避开障碍物。但在一些平坦地区，有的明明可以取直，却偏偏要绕弯，这是为什么呢？

一

摆在我面前的是一幅早期的青岛规划图，它来源于《胶澳发展备忘录》。从 1900 年至 1901 年的地图中可以看出，一条蜿蜒的铁路线，穿过青岛站现在的位置，一直向东，延伸到栈桥终止。

这个设计源于格奥尔格·格罗姆施。他是胶澳总督府筑港工程部首位负责人。1898 年，在青岛第一份城市规划方案草案中，他拟将青岛火车站设在栈桥附近，目的是海铁联运：海上货物一上岸，就可以装车；铁路货物一下车，就可以装船，提高运输效率。

但是，他的两位同行不同意。一位是海因里希·锡乐巴，时任

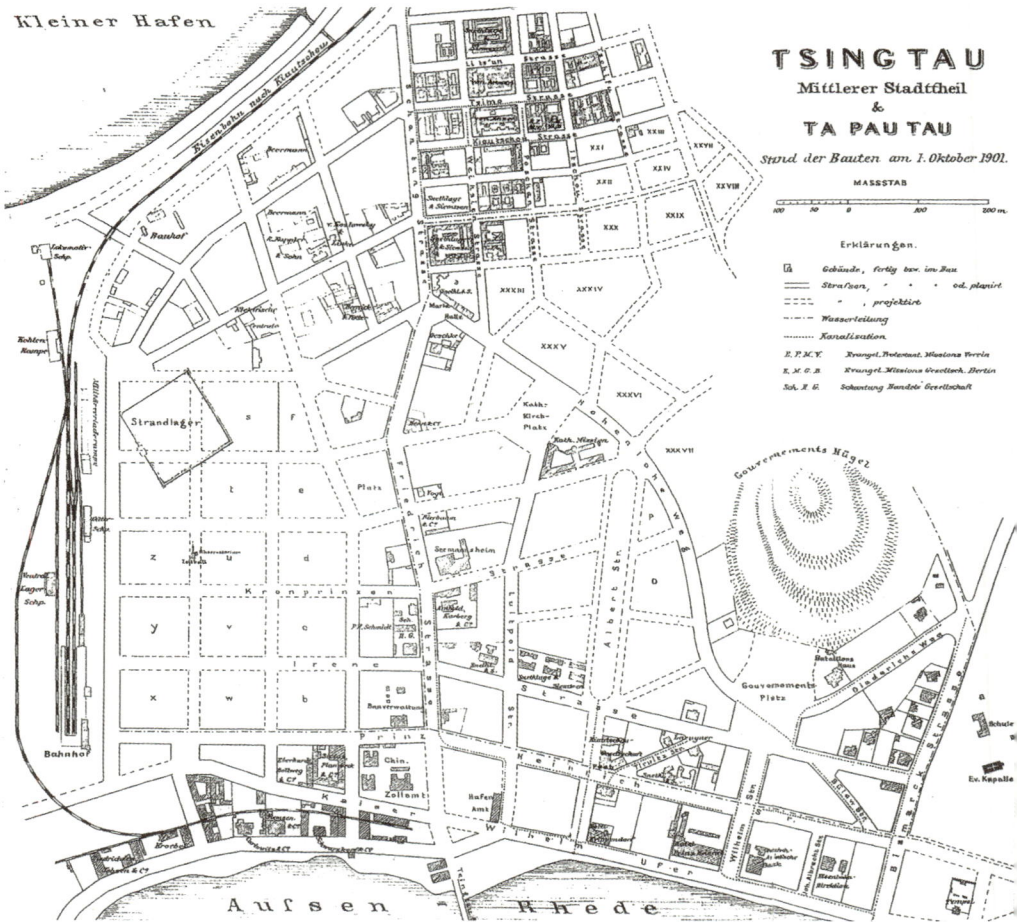

① 早期的青岛规划图，源于《胶澳发展备忘录》。

山东铁路公司驻青岛和山东事务所的经理和首席工程师；另一位是
锡乐巴的同事——工程师路易斯·韦勒。

他们认为，车站设在栈桥附近不合理，因为这会使铁路形成一
个很大的弯道，技术要求太高。加之弗朗裘斯 1897 年在胶州湾测
量后，就已经确定要在胶州湾的内部停泊处修建新的青岛港，所以
大港竣工后，货运就不会再使用栈桥了，所谓的海铁联运意义不大。

1899 年 3 月 13 日，韦勒代表锡乐巴向山东铁路公司董事会提
议另行选址。5 月 4 日，城市规划第二稿出台，车站改址。但这一
方案遭到胶澳总督府的强烈反对。胶澳总督是德国在青岛的最高行
政长官，而且是军方，说话自然很有分量。双方的争执传到了德国
首都柏林。

1899 年 9 月 23 日，胶济铁路开工。虽已开工，但争执还在继续。
山东铁路公司董事会技术领导盖德兹开始干预。

盖德兹，普鲁士王家土木技监、高级工程师，后成为山东铁路
公司柏林管理层三名成员之一。他曾为铁路选线于 1898 年对山东
进行过考察，因此很有发言权。不过，他试图夺取青岛铁路工程的
领导权，“甚至想从柏林决定每一座桥梁打桩的类型和方式”，这
让锡乐巴有些不爽。毕竟锡乐巴是在现场，对实际情况更掌握。而
且锡乐巴也是个非常有经验的铁路工程师。在德国，锡乐巴先后参
与了柏林城市铁路建设，主持了德国西部艾菲等地区的支线铁路建
设、科隆中央车站的大型改建工程，并负责科隆及其周边的铁路桥

梁建设。

锡乐巴对盖德兹的一些做法并不认同，特别是盖德兹对现场建设的插手和干预。最后，锡乐巴忍无可忍，致信柏林董事会，公开批评盖德兹"技术上不成熟"。

最终，青岛火车站还是按锡乐巴的意见，转移到现在的位置。这个存在于设计图上的、绕向栈桥的弯道，在实际线路中自然也就消失了。

青岛火车站是胶济铁路第一站，自然引起许多建筑设计师的关注。阿尔费雷德·格德尔茨就是其中之一。

格德尔茨时为山东企业联合集团代表，并以此身份参与山东铁路公司事务。在山东铁路建设期间，他大部分时间都在柏林。青岛火车站的设计，是他在柏林完成的。

这个方案堪称雄伟。但董事们普遍认为，"建筑体积太大而且过于昂贵"。这不符合铁路公司大多数董事的利益，而且德国议会也不乏反对之声。格德尔茨的方案无奈出局。

董事们把目光投向了锡乐巴，要求锡乐巴设计一座更小，也更为适度的建筑。锡乐巴满足了他们的要求。

锡乐巴的设计方案，由高35米的钟楼和大坡面的车站大厅两部分组成，钟楼沿用了德国乡间教堂样式。有人说，锡乐巴将他记忆中的德国教堂原封不动地搬到了青岛。

事实证明，选择锡乐巴的方案是明智的。因为6年后花巨资建

⊕ 青岛火车站是胶济铁路第一站。

设的青岛德国总督官邸，被指责超出预算，建设总监不得不当年返回柏林，向总会计署申辩。

青岛火车站 1900 年动工，1901 年竣工，外形为纯粹的德国文艺复兴风格，高大的装饰山墙突出了面向市区的主入口，格外醒目。车站大楼南角耸起一座厚实的钟楼，下部与地面垂直开有三排两组细窗，建筑双坡陡峭屋顶，钟楼基座、窗边、门边以及山墙和塔顶装饰都用花岗岩砌成。钟楼本身位于广西路和兰山路中轴线上，构成这两条路的对景。

青岛火车站的这一风格，直接影响了 1991 年和 2008 年的改扩建。2008 年 8 月 1 日正式启用的新火车站，延续的依然是以老站房为参照的德国文艺复兴风格。

百年后的今天，从青岛火车站出站，已经看不到大海了，视线被海边高高的建筑遮挡。为了把青岛的城市名片充分展现出来，青岛市政府决定把站前海边的一些建筑拆除。如此，似乎又回到了格罗姆施让车站与大海亲密接触的初衷。

历史仿佛一个轮回，兜兜转转，又回到了起点。

二

摆在我面前的第二幅图，是《盖德兹选线图》。在这张图上，又出现了与实际线路出入很大的弯道。

1898 年 4 月 12 日至 6 月 25 日，盖德兹对青岛、潍县、济南、

德州　徒　骇　黄　河　羊角沟　渤　海
黄河淮　河　运　河　清　小　河
平原　禹城　河　清　河　淄　河　弥　河　潍县　潍河　胶　河　大　沽　河
周村　张店　青州　峈山
明水　王村　金岭镇　昌乐
济南　龙山　普集　淄川　云　河　高密　蓝村　艾洪湾　女姑口　沧口
博山　运粮河　胶州湾　青岛　黄海

—— 盖德兹选线
▬▬ 1904年建成的胶济铁路线

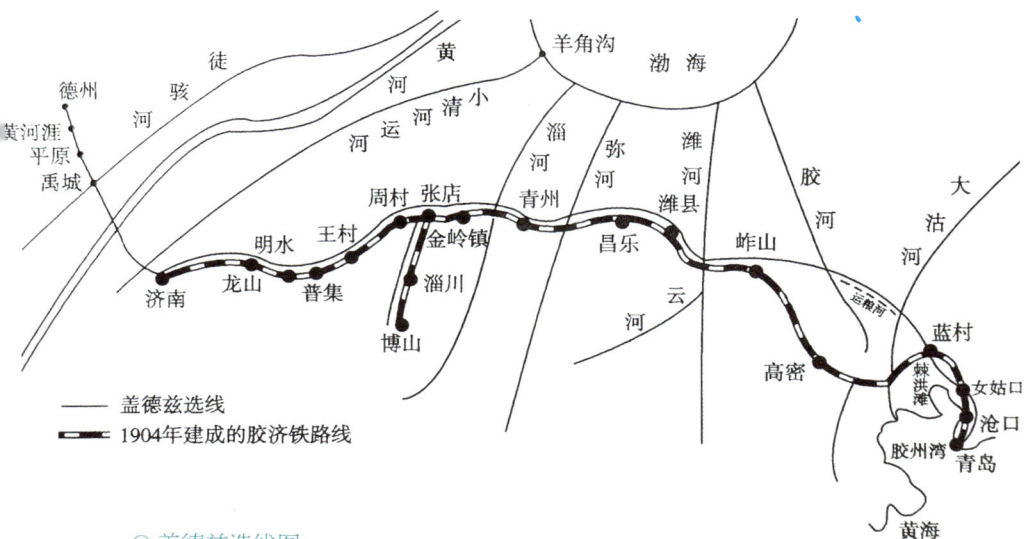

⊕ 盖德兹选线图。

德州等地进行了为期两个半月的实地考察，写了一份长达 50 多页
的《山东省考察旅行报告》，并在报告中设计了线路的走向。

他设计的线路，从青岛经潍县、济南府至德州。如果这一方案
落地，就不会有后来"胶济铁路"的叫法，那就得叫"胶德铁路"了。
自然，这就会形成一个从济南向北拐的弯，而这就必须跨越黄河。

那时，蜿蜒五千多公里的黄河上，一座铁路桥都没有。黄河山
东段出现的第一座铁路桥，要在盖德兹考察 14 年后，也是在胶济
铁路全线通车 8 年后。它就是 1912 年全线通车的津浦铁路泺口黄
河铁路大桥。这座桥是津浦铁路最后的、也是最为艰巨的咽喉工程。

可见，在黄河上架桥绝对不是一件容易的事儿。因此，盖德兹

把铁路修到德州的设想，也就有些不切实际。自然也就没有被采纳。

对照盖德兹的选线图可以看出，在青岛至潍县这一段，与实际有着很大的出入。他设计的路线是：从青岛出发，到蓝村，折向西北，经亭口，向西到潍县。实际定线是：从青岛出发，到蓝村，折向西南，至胶州，再向西北，经高密、峃山到潍县。

不难看出，按照盖德兹设计的路线，胶州、高密均与胶济铁路无缘。果真如此的话，一年后声势浩大的"高密抗德阻路事件"就不会发生，莫言以此为题材创作的《檀香刑》就不可能诞生。

小城的命运、历史的走向，往往因图纸上的一条细线而轻轻改变。历史，就是这么不可思议！

三

细线弯弯，故事多多。1902 年 6 月 1 日，胶济铁路修至潍县。奇怪的是，在往前修建时，不是径直西进，而是向南拐了约 15 公里，又形成一个大的弯道。这个弯道所在的地方，名叫坊子。

坊子有着丰富的煤矿资源。李希霍芬认为坊子煤矿比博山煤矿更具意义，因为煤矿储量更大，大部分没有开采。德国把青岛作为"军事基地和商港"，自然需要煤炭这个地下黑金、动力之源。

1899 年 10 月，德国成立山东矿务公司，决定开发坊子煤田。1902 年 8 月，在 175 米深处发现了一个 4 米厚的优质煤层。因了煤炭，也因了铁路，坊子这个地方日渐繁华。

今天，我们仍然能够从那些遗留的德日风格的建筑上，想象当年坊子的繁华。坊子老城 7.6 平方公里的范围内，仍有 160 多处德日风格的建筑遗存。人们叫得上名字的，如德国领事馆、德军礼堂、德军北大营、德建火车站、德军医院、德军司令部、铁路大桥、天主教堂、修女楼、安妮竖井、敏娜竖井、日本领事馆、日本宪兵队、德日矿务公司、德国电报大楼、发电厂、电灯公司、日本国民学校、日本农场、部队运兵站、物资仓库、德军长官官邸、日本正金银行、横田旅馆、鱼鲜大烟馆、红房子水牢……

这些建筑，德国人盖的，多是红瓦黄墙；日本人盖的，多是白色墙围加青灰色砖瓦。那些红色的屋顶、花岗岩的装饰、变化多样的山墙上的花纹和窗子，似在诉说着一个又一个的故事。

坊子因煤而兴，也因煤而衰。20 世纪 80 年代中期，坊子煤炭资源枯竭。1984 年胶济铁路复线建设时截弯取直，把坊子甩到了一边。那年 7 月 3 日，最后一列客车驶离坊子站，自此车站取消了客运业务。没有了来来往往的客车，也就没有了熙熙攘攘的人流，坊子站连同坊子镇渐渐归于沉寂。

正因为没有人气，坊子站也就没有扩建。而这，却又歪打正着地保护了它。坊子站区，百年风雨过后，因为没有动迁，基本保存完好。尽管许多建筑铅华落尽，依旧散发着浓郁的异域风情。基于此，这里开发了一个颇具欧洲风情的小镇——1898 坊茨小镇，现为省级特色小镇、历史文化街区。

⊕ 坊子站区，百年风雨过后，因为没有动迁，基本保存完好。孙连浩／摄

弯道成就了坊子，也保护了坊子。如果不是因路截弯取直被边缘化，坊子或许会受到扩张带来的冲击，能否保留至今也未可知。在这里，不妨把铁路弯道想象成一个臂弯，一个可以遮风挡雨的臂弯。这是坊子的幸运。

如今，坊子站区正在进行旅游开发，曾经断壁残垣的老式机车库、机车转盘都已经恢复。或许，不久的将来，旅游列车又会隆隆开来。

坊子，梅开二度，未来可期。

非礼引发连环案

学者祝勇曾言：一个历史的异数，会打乱整个历史的局面，就像一颗棋子的变动，会使所有的变动尾随其后，进而使整个棋局彻底改变。这是历史的"蝴蝶效应"。

山东历史上著名的"高密抗德阻路事件"，竟然源于一次非礼。

——

1899 年 6 月 18 日，农历五月十一，适逢高密大吕庄大集，一男子调戏一名妇女，不料引起一场群殴。这场群殴由于没有得到及时有效的处置，卷入者越来越多，情势愈演愈烈，以至于连义和团在山东的发展壮大都与它有着千丝万缕的联系。

关于这场事件的起源，清廷外务部档案是这样记载的："五月十一日，有铁路公司小工在集上买鸡，瞥见年轻妇女，肆行无理。是日适逢集期，致触众怒，群起殴辱。"

文中的"小工",为山东铁路公司雇员,协助德方勘测线路、插路标。这样的小工,在胶济铁路工程中还有很多。

从 1899 年开始,胶济铁路采取分段施工、分段通车的方式,以期尽早见效。第一段青岛至胶州段的土方工程从两端同时进行,仅在这一段上同时工作的中国人就有约 6000 人。随着工程规模逐渐扩大,在铁路线上的中国工人有时多达 2 万至 2.5 万名。这的确是一个非常庞大的数字!

他们大都来自北方其他省份,工资收入高于当地人,有一种优越感,经常与当地居民发生矛盾。这事儿记载在洋务局致山东巡抚毓贤的文献中,的确不是虚言。

然而这些恶习很少受到制裁,因为铁路工人可以依仗山东铁路公司的保护。当地居民对这些人深恶痛绝,斗殴事件在所难免。

胶济铁路标记定线的详细测量工作开始于 1899 年夏天。按说,对于划线、征地等事宜,德方应与中方签订特别协议。《胶澳租借条约》铁路矿务等事第三款明确规定:"一切办法,两国迅速另订合同,中、德两国自行商定此事。"

可德方担心因此受到制约,没有与中方"另订合同"。山东铁路公司也不愿意费工夫查清颇为复杂的土地产权关系,有时甚至未等土地买卖完结就破土动工。他们付给村民的土地价格往往低于实际价值。

损失太大,然而补偿有限,村民自然十分不满。尤其令村民不

⊕ 1902 年，德国工程师带领人员在山东省进行铁路测量。（青岛市档案馆提供）

满的是，铁路所经之处，村民被迫迁坟移舍。在中国的文化语境中，毁人祖坟向来是民间一大忌。

德方霸王硬上弓，很有血性的高密人根本不吃这一套，德方前脚插标，村民后脚拔标，与德国人搞起了"游击战"。加之公司小工及杂役仗势欺人，亦非一日。村民的新仇旧恨，终于在1899年6月18日大吕庄大集上借机爆发了。

铁路员工召集其同事帮腔，农民则引来一大帮村民助威，双方最后扭打成一团。紧接着，农民们包围了铁路公司设在村庄里的分部，并且企图阻止铁路员工继续工作，拔掉、毁坏勘测路标。

一个本身没有多大意义的非礼之举，导致了当地村民积蓄已久的愤怒大爆发。纠纷一直持续到午后。高密知县葛之覃接到报告，率一班衙役赶到现场"弹压"，才告平息。

二

但事情并没有结束。

山东铁路公司青岛总办锡乐巴获悉后，也急忙从青岛赴高密，面见高密知县葛之覃，要求限期内补复标杆，查办打人的村民。葛之覃对此置之不理。锡乐巴遂折回青岛，恳请胶澳总督叶世克出兵保护。

胶澳总督是德国在胶澳租借地的最高军政长官。叶世克在没有请示并得到柏林批准的情况下，擅自答应锡乐巴的请求，出兵山东内地镇压反抗。此举遭到德国海军部国务秘书蒂尔皮茨的强烈谴责。蒂尔皮茨认为，这样可能会导致与中国的激烈争端，而且也不完全排除其他列强干预的可能。

但叶世克自有他的理由：第一，高密位于中立区内，胶澳殖民当局有权调动军队，这一权利必须时常加以利用；第二，必须给中国居民"上一堂教育课"；第三，现在就采用强有力的镇压手段，可以阻止以后发生类似的抵抗行为；第四，应当以迅速出击的方式行动，否则中国会把它驻扎租借地周围地区的军队集结起来；最后，铁路建筑刻不容缓，因为它直接影响到胶澳租借地的利益。

6月24日，奉叶世克之命，德军上尉毛威率80名海军和15名骑兵，杀气腾腾，抵达高密。

城内商绅获悉德军将至，恳求葛之覃下令阻止德兵。葛之覃考虑到锡乐巴有"高密不动，德兵绝不先动"的前诺，因此没有动作。他后来因"未能调和于事先，又不能补救于事后"而被革职，实在是毫不冤枉。

此后，德军洗劫了堤东庄、刘戈庄和高密县城，杀死村民20多人，伤者无数。离开时，德军还焚毁了高密县最高学府通德书院的珍贵藏书。

在此期间，山东巡抚毓贤派莱州总兵彭金山率部前去防范，怎奈彭金山在毛威的恐吓下擅自撤兵。当时彭金山有士兵200名，毛威有士兵90多名，即使二对一也没有问题。

毓贤十分不满，想必在他看来，清军真不能指望。也许就在这时，一个念头在他心中油然而生。随着德国军队在 7 月 5 日的撤离，冲突暂时结束。毓贤便在 1899 年夏天开始秘密纵容义和团了。

此后，义和团运动在山东风起云涌。再后来，席卷整个华北。一念之间，星火燎原。一念之间，也人头落地。毓贤因为纵容义和团，1901 年被处斩。

三

再说高密冲突。1899 年 6 月，德军洗劫了堤东庄、刘戈庄和高密县城之后，高密东北乡的抗德斗争被镇压，胶济铁路勘测和修筑工作继续西进。

而一场更大的风暴正在西乡酝酿。因为山东铁路公司对于村民的诉求依然没有考虑，所以单靠军事弹压并不能从根本上解决问题。

高密地势南高北低，北部壕里一带汛期常遭水灾，若再修一条东西铁路，无异于筑了一条拦水大坝，低洼地区将遭受更大水灾。当地群众要求多建几座大桥，以便泄洪。但这个要求却遭到山东铁路公司的拒绝，理由是没有必要。其实，关键的原因是花费太大。

于是，反对铁路铺设的斗争，在 1899 年年底和 1900 年春天再次爆发。壮士孙文被公推为首领。

孙文原名孙玉，高密西乡官亭村人，急公好义，精明干练，仗义疏财，素孚众望。1899 年 10 月 22 日，孙文在绳家庄召开抗德群

⊙ 德国侵略者在高密城墙上。

众大会，选出了李金榜、孙成书、徐元禄、徐元和、雷步云等各村首领。他们收集武器，碾研火药，逐日撞钟，聚人演炮。每家各出破锅，砸成碎铁，以代枪子。为广泛动员民众，他们还写了许多帖子，派人四处张贴。

1900年1月2日，孙文、李金榜率附近十余村二三百群众执旗抬炮，拆毁县城附近梁家埠一带德国人窝棚5座，夺其财物，并欲焚毁德国人城外公司分局。

此时山东巡抚换上了袁世凯，高密知县换上了季桂芬。袁世凯命莱州知府曹榕督促季桂芬迅速妥善解决。

季桂芬数次下乡同孙文、李金榜等人协商谈判，许诺让德人修铁路时多架桥梁，决不致壅水成灾，倘若成灾，必奏请豁免钱粮。

但民众对官府已经失去信任。在德军第一次弹压之后，1899年7月2日，山东铁路公司与高密知县签订了一个协议，规定中国地方官员以后要帮助山东铁路公司就征购土地事宜与农民进行谈判。此外，高密知县有义务保护铁路和铁路员工。这样，当地民众就失去了依靠。

不能依靠官府，那就靠自己，抗德斗争依然继续。

1900年1月20日，清廷降旨，要求袁世凯妥速办理，首犯、从犯分别惩治。曹榕、季桂芬决定诱捕，声称只要到城里当面保证不再闹事，可以既往不咎。孙文派李金榜、孙成书等领4名代表进城试探，结果李金榜、孙成书当晚被捕。他们这才意识到，官府的话，信不得。

2月1日，德国员工布仪司一行4人在清兵护送下赴潍县。孙文等人以为是将李金榜解赴济南，于是挑选百余人跟踪。

是夜二更，当德国员工在公司分局——南流教堂睡下时，孙文立即率众包围教堂。布仪司等人骑马逃出，民众在拦阻过程中刺伤一名德国人，最后将该分局拆毁。

2月11日，东北乡民众袭击了鲁家庙分局。

南流、鲁家庙两分局连遭袭击，胶澳总督叶世克非常恼火，遂给袁世凯施压，声言如不迅速镇压，德国将自行出兵保护路务。这是袁世凯最不愿看到的，因为这将为德军超出防护范围提供借口。

袁世凯千方百计安抚胶澳总督暂缓出兵，以防事态进一步扩大，同时给莱州知府曹榕、高密知县季桂芬以及高密的驻军统领王来奎以查办不力的参革处分，责令他们对抗德首领限期拿办。

3月9日，铁路工程再次开工。3月中旬，孙文再次组织破袭，由于有人告密，斗争遇挫。3月下旬，他潜回家乡，伺机再起。4月初，孙文潜至昌邑南乡，联络了大刀会。

此后，联合武装多次行动，致筑路工程再停。

袁世凯委派山东按察使胡景桂驰往高密弹压。民众因武器粗劣，惨遭失败。孙文暂时藏匿绳家庄，由于叛徒出卖，5月3日被捕。

随后，工程重新开工。

四

高密民众多次要求保释孙文，官府不允，民众继续斗争。

6月28日，山东铁路公司青岛总办锡乐巴骑马赴高密，在张家埠遭袭；夜宿鲁家庙分局，再次遭袭。等清军赶到，群众已逃逸无踪。锡乐巴次日一早便携众人仓皇逃回。

7月2日，高密西乡各村民众3000余人欲围城劫夺孙文等人。胡景桂怕夜长梦多，遂于即日处死孙文。

孙文遇害时，年仅45岁，其头颅被挂在县城西门旗杆上长达49天。高密县80多岁的老举人单昭谨仰慕孙文义士，不惧官府不准收尸的警告，拉着自己的棺木，收殓了孙文的遗体，抚棺恸哭，并为其作祭文。

高密东北乡孙文抗德斗争，成为莫言创作长篇小说《檀香刑》的素材。小说中"俺爹"孙丙，原型就是孙文。

为了保护铁路铺设，德国海军部队驻扎高密和胶州达5年之久。高密抗德的结果是，山东铁路公司作出了一些让步：将壕里一段铁路向北稍移一二里，多留泄水桥梁和涵洞，使高密低洼区不致因修筑铁路而壅水成患。同时，不在高密西乡设置车站等设施。

第二章

明争暗斗大交锋

胶济铁路，一座大舞台，一头连着国内政坛，一头连着国际风云。济南开埠、日德战争、巴黎和会、华盛顿会议，上演了一幕幕跌宕起伏的精彩大戏。在这部大戏中，胶济铁路草蛇灰线，伏脉千里，始终是不可或缺的重要因素。中外双方，围绕路权和利权的争夺，既有谈判桌上的唇枪舌战，也有章程文本的暗藏玄机；既有山东巡抚的破冰之旅，也有外交官员的纵横捭阖。终于，经过长达八年艰苦卓绝的不懈努力，胶济铁路于1923年正式回归中国。

章程文本藏玄机

在胶济铁路博物馆，陈列着一件《胶济铁路章程》，落款中有两个人，一个是山东巡抚袁世凯，一个是胶济铁路总办锡乐巴。发生在这两个人之间的一段故事，形象地印证了"粗心大意害死人"的道理。

一

1899 年，在德国修建胶济铁路期间，高密发生抗德阻路事件。袁世凯认为，此乃德方未与中方议订章程所致，遂于 1900 年把德方逼到谈判桌前，签署了《胶济铁路章程》和《山东华德矿务公司章程》。蹊跷的是，就是这个矿务公司章程，放倒了这家矿务公司。因为，不知是有意还是无意，袁世凯在这个章程中留了一个"后门"。

"高密抗德阻路事件"发生后，时任工部右侍郎的袁世凯上书清廷，提出了四项对策：

一、慎选守令，力避教案发生；

二、讲求约章，迫使德国人遵守条约规定；

三、分驻巡兵，在德国占领区周围驻扎军队；

四、遴员驻胶，派遣一位级别较高的官员进驻胶澳租界，专办交涉事件。

这些建议开启了与德方进行对话的大门。因为这份极具建设性的奏折，袁世凯于 1899 年 12 月署理山东巡抚。

袁世凯上任后，坚决要求山东铁路公司和山东矿务公司立即就铁路铺设和开采矿产事宜进行谈判。这两家公司都隶属于德国。

要求态度强硬的德方前来谈判，袁世凯有这个实力，因为德方要依靠他解决民众与德方的冲突，不能不买他的账。

袁世凯认为，屡次发生的冲突，固然有奸民挑唆的原因，但根本原因在于没有议定章程。只有双方议定了章程，才能彼此遵守，相安无事。同时对德方形成制约，以期收回自主之权。

为此，袁世凯多次邀请锡乐巴到济南协商章程事宜。

山东铁路公司管理层看出了袁世凯的用心，不同意锡乐巴去济南谈判。袁世凯使出了"撒手锏"。1900 年 2 月，他向山东铁路公司宣告：若不缔结特别协议，就禁止继续铺设铁路。这意味着工程可能继续拖延，这期间的巨大耗费是山东铁路公司无法承受的。

山东铁路公司还承受着德国政府的压力。过去一有冲突，锡乐巴就向胶澳总督搬救兵。现在，德国政府拒绝在山东继续采取军事

⬆ 袁世凯（前排中）在山东担任巡抚时与德国官员合影。

行动，他们担心出兵导致矛盾升级，引起别国干预，影响自己在山东的利益。

德国公使克德林和胶澳总督叶世克只好根据柏林的指令，强迫铁路公司和矿务公司与山东巡抚袁世凯就缔结协议之事开始谈判。

终于，锡乐巴在内外交困下，被袁世凯逼到了谈判桌前。

1900 年 2 月 19 日，锡乐巴和胶澳总督代表、德军上尉布德乐前往济南谈判。袁世凯得知他们动身后，允许高密以南的工程重新开工。但高密以北的工程取决于济南谈判的情况。可以说，袁世凯拿住了锡乐巴的"七寸"。

二

袁世凯与锡乐巴的谈判始于 1900 年 2 月底。参加谈判的中方人员有记名副都统荫昌，这是袁世凯奏请朝廷派来的。荫昌与袁世凯很有交情，但这次袁世凯看重的不是交情，而是荫昌留学德国的学问。荫昌曾参与《胶澳租借条约》谈判。

谈判进行得非常激烈。凡是涉及国家利权和民间生计的事，袁世凯都极力争取。

袁世凯原先还想参与铁路选线和矿场建设等方面的工作，也想通过购买股票等途径对山东铁路公司实行更大的经济控制。但是由于锡乐巴的坚决反对，愿望未能实现。

1900 年 3 月 21 日，经过 20 多天的艰难谈判，双方在济南签署了《胶济铁路章程》。这个章程先用德文写成，后由荫昌译成中文。

对于这个章程，双方均表示满意，但理解各有不同。德国人认为，他们只放弃了很少的权利就换来了铁路沿线的和平，而中国人只获得很少的铁路控制权，对山东铁路公司的经营活动也没有很大影响。袁世凯则认为，通过签订章程，德国公司承认了铁路处于中国管辖权下。

袁世凯后来还与德方达成了一项临时条例，任命两名官员负责调解德国人和中国人在山东的纠纷。

这次交锋，让袁世凯认识了锡乐巴。后来由于袁世凯及几位山东高官的反对，锡乐巴没能当上津浦铁路总工程师。但或许是锡乐巴出色的专业技能以及他对中国情况的熟悉，或许是由于当时确实尚无更合适的替代人选，锡乐巴担任山东铁路公司青岛总办将近十年之久。

与锡乐巴相比，袁世凯在山东任职时间实在太短。从1899年12月上任，到1901年12月卸任，仅仅24个月。不过，他的继任者中，如杨士骧、周馥，依然是他的人，继续贯彻着他的主张。借由他们，袁世凯继续控制着山东，一如锡乐巴继续控制着胶济铁路。

虽然袁世凯离任了，但他和锡乐巴签订的合同影响深远。

三

1900年3月，山东巡抚袁世凯与山东铁路公司签订《胶济铁路章程》的同时，也与山东矿务公司签订了《山东华德矿务公司章程》（以下简称《矿务章程》）。

按照中、德1898年3月6日签订的《胶澳租借条约》，"德商开挖煤斤等项及须办工程各事，亦可德商、华商合股开采，其矿务章程，亦应另行妥议。"

《胶澳租借条约》签订后，时任山东巡抚张汝梅致信总理衙门，督促尽快与德国公使海靖妥办路矿章程，约束德人无限制的掠夺。总理衙门当时顾不上，迟迟没有办理。直到袁世凯借高密筑路冲突，才迫使德国人订立了《胶济铁路章程》和《矿务章程》。

同《胶济铁路章程》一样，《矿务章程》也有中文和德文两个文本。不一样的是，《矿务章程》两个文本的表述，第十七款存在重大差异。不知道当时中方是否发现，反正德方肯定没有发现。要是发现的话，他们就不会签字了。下面来比较一下。

中文文本："……在三十里内，除华人外，只准德人开采矿产。凡经华人已开之矿，应准其办理，……"

德文文本（译后）："……三十里内，除现办之华矿外，只准德国公司开挖煤矿及他项矿产。其当时正在开办之华矿，仍得照向来办法办理，……"

两项对照，中文文本没有"现办"和"照向来办法"字样，省略了对现有中国矿井只能用传统方式经营的限制性规定。于是在实际操作中，中国矿主能以一个曾在30里地带开采过的旧矿井的名义开一个新矿，并且可以使用机器，这也就意味着中国人能在此范围内使用现代开采设备自由开矿，从而打破了山东矿务公司的垄断。

这一问题在随后几年中，成为山东矿务公司和山东巡抚衙门争论的一个焦点。粗心大意害死人，这让山东矿务公司把肠子都悔青了，但已板上钉钉，回天无力。

这就是袁世凯留的"后门"。借此"后门"，中方与德方在矿权上的较量，就有了闪转腾挪的广阔空间。这让山东矿务公司很头痛，但他们哑巴吃黄连，有苦说不出。因为既已签约，双方都必须遵守。

凭借法律保障，袁世凯在山东巡抚任内极力鼓动中国人开矿。1901 年 8 月的《北华捷报》评论道："袁巡抚下定决心不让德国人抢在他前面从中国控制下夺走丰富的矿井。"

随着中国人开矿越来越多，山东矿务公司 1903 年初分别向山东巡抚周馥和德国驻济南领事提出抗议。周馥承认《矿务章程》两个文本不一致，但也强调章程不能更改，根据中文文本，中国矿井是合法的。他还暗示德国人最好放弃在 30 里内拥有垄断权的想法。

四

1904 年下半年，山东矿务公司气急败坏，请德国驻京公使穆默在北京提出严厉抗议，并递交四款要求，作为对原有《矿务章程》的修订。

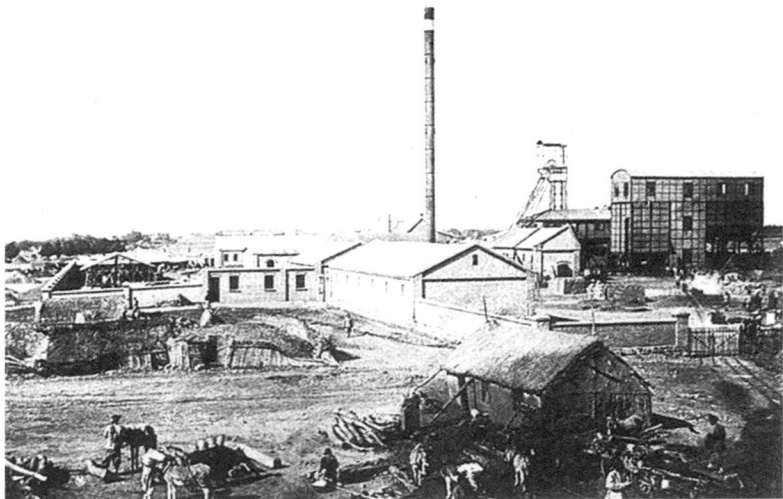

⊕山东矿务公司所属的坊子矿。

⊕山东矿务公司所属的淄川矿。

他们声称："必须让中国官员充分并毫无保留地承认，再有任何进入 30 里地带的中国矿井都是非法的。同样重要的是，这些矿井必须按我们的要求关闭……第十七款必须确定无疑，不能再有任何其他争辩。如果我们觉得该区域内的中国矿井有任何危害，那么他们就是非法的。"

他们是真急了！

但无论是德国驻京公使穆默还是驻济南领事贝茨，都不愿向中国施压。一方面是因为山东巡抚衙门态度强硬，另一方面是因为此举可能损害德国其他在华利益。穆默认为："德国为了维护在山东的垄断权而强迫中国是危险的。"穆默不想因小失大，只能丢车保帅。

然而，德国政府要求穆默支持山东矿务公司。1904 年底，穆默将矿务公司的四项条款以《山东矿务续章》的形式照会清政府外务部，但他没有向中国官员施加任何压力，同时还劝说德国外交部不要再继续支持山东矿务公司。这四款要求如下：

一、在三十里内，仅准山东矿务公司用机器开矿。

二、华人准将在三十里内至今所办之矿，用土法照向来之大小续办，不许用机器。

三、倘山东矿务公司拟在三十里内用新法开矿，须于未开办以前禀报山东巡抚设法以便。自禀报日起二年，所有在新开之矿周围十五里内各华矿，一律停止，并德矿采办时在此周围十五里内，再不得开华人矿井。

四、在三十里内，山东矿务公司用机器办矿之法，中国官场无辩驳之权。

清政府断然拒绝。1905年1月初——那时胶济铁路全线通车已半年，清政府外务部和山东巡抚胡廷干分别通知穆默和贝茨，中方不会考虑举行谈判来修订1900年的《矿务章程》。

外务部称，这样做没有正当理由，中文文本的合法性等同于德文文本的合法性，山东矿务公司事实上是在要求新的特权。山东巡抚坚称，山东矿务公司不能在威胁现有中国矿井的地点作业。这表明清政府不再认为德国人在30里区域内有任何特权。

清政府官员态度强硬，德国官员只得放弃谈判。清政府的腰杆，这时也硬了起来。

清政府还借助舆论以壮声威，将这四款要求透露给报界，舆论哗然，谴责之声不绝于耳。当时反德运动正炽，德国政府极其难堪。

最终，山东矿务公司只得承认失败，从此放弃了阻止中国人进入30里地带的大规模努力。

为了防止德国人垄断，山东巡抚周馥还从省金库拨款向矿山投资，由此而形成的与山东矿务公司的竞争，构成了导致后者后来破产的重要因素。中国矿业企业利用国家的支持继续更新设备，提高开采量。对于山东矿务公司来说，这意味着其所预期的独家经营的前景越来越黯淡。

到 1912 年，山东矿务公司已经出现 123 万马克的亏损。

1912 年 10 月 29 日，一次非常董事会会议最终做出决定，把山东矿务公司的股票转让给山东铁路公司。

1913 年 1 月 1 日，山东矿务公司并入山东铁路公司，成为铁路公司的"采矿部"，山东铁路公司的中文名称改为"山东路矿公司"。

一个小"后门"，放倒一家大公司。

如今，山东矿务公司的老建筑依然健在，位于青岛广西路 14 号，南依傍海的太平路，距栈桥约 500 米，与曾经的山东铁路公司相邻，是一座非常精美的古建筑。建筑面海的南立面山墙上，原砌一石板，上饰矿业标志——两把交叉的铁锤，今已不存，像极了山东矿务公司没落的命运。

纵横山东大舞台

在清朝官场上，人去政息、新官不理旧账的现象非常普遍。但周馥是个例外，自从接任山东巡抚后，他不仅与袁世凯密切合作，促成济南自开商埠，而且继续推行袁世凯的新政，开创了山东省的新局面。对胶济铁路，周馥也是极力采取有效措施，捍卫中方利益。

同袁世凯一样，周馥也是个传奇人物。二人经历有些相似，都是科举不第，都是投笔从戎，都是得益于李鸿章的提拔。不过，袁世凯靠的是武功，周馥靠的是文治。

一

周馥，字玉山，安徽建德（今东至）人，生于书香门第、耕读人家。祖父、父亲认为，富贵当以诗书培其脉，以勤俭植其基，亲自教他写字、练字，说字既关品性，又关福泽，因此不惜破费，搜集颜真卿、柳公权、欧阳询等诸家碑帖，让其一练数年。

⊕ 周馥(1837—1921)，1902 年 8 月至 1904 年 11 月任山东巡抚。

周馥 8 岁进私塾，13 岁师从名儒王应兆，16 岁已能吟诗作对，并写得一笔好字。时凡乡村有请先生代作祭文书札等，父辈都嘱周馥代撰。后来家里又给他捐了个监生的名份，送他到袁山书馆去教书，一边教书一边研读科举应试帖文。

这时，太平天国事起，太平军五进五出建德县城，周馥也和其他人一样四处逃避兵祸，后来辗转到省城安庆，靠摆写字摊为生，后来机缘巧合进入李鸿章的幕府。

在李鸿章幕府众多人物中，周馥不但入幕最早，而且相随最久，长达 40 年。期间，他协助李鸿章办理过军务、政务、洋务、外交。甲午战争中，他是李鸿章的主要谋士之一；洋务运动中，他创办了天津电报局、天津机器局等洋务事业，并主持建立天津水师学堂和北洋武备学堂，参与了北洋海军的建立。

光绪二十四年（1898 年），荣禄举荐周馥受阻，李鸿章在写给慈禧太后的一份奏章中说："吾推毂天下贤才，独周君相从久，功最高，未尝一自言，仕久不迁，今吾老，负此君矣。"李鸿章称赞周馥"才识宏远，沉毅有为，能胜艰巨，历年随臣筹办军务、洋务、海防，力顾大局，劳怨不辞，并熟悉沿海情形，堪负倚任"。

对于这个伯乐，周馥铭记终生。他在《玉山诗集》"感怀平生师友三十五律"中，品评了三十五位历史人物。第一首就是写他的恩人"李文忠公"：

吐握余风久不传，穷途何意得公怜。

偏裨骥尾三千士，风雨龙门四十年。

报国恨无前著效，临终犹恨泪珠悬。

山阳痛后侯芭老，翘首中兴望后贤。

诗中，周馥以"侯芭"自比。侯芭，西汉巨鹿人，师从著名文学家、思想家扬雄。扬雄死后，侯芭建坟，为扬雄守丧三年。

1901 年 11 月 7 日，李鸿章在与八国联军议和期间猝然病逝。周馥在日记中写道："我抚之哭曰：'老夫子，有何心思放不下，不忍去耶？公所经手未了事，我辈可以办了，请放心去罢。'忽目张口动，欲语泪流。余以手抹其目，且抹且呼，遂瞑，须臾气绝。"

李鸿章去世半年后，1902 年 5 月，周馥升任山东巡抚，并加兵部尚书衔。

那一年，周馥 65 岁。

那一年，胶济铁路已从青岛通至潍县。

二

作为山东省最高行政长官，周馥对在建的胶济铁路，以及德国租借地青岛，不能不加以关注，遂决定赴青岛访问。在 1902 年 12 月 31 日致大清国军机处的函中，他清楚地表达了此行的目的："首先在于了解德国对胶澳租借地发展的规划，亲眼看一看当地的情况。"

1902 年年底，周馥从济南坐船，冒着寒风，顺小清河而下，经羊角沟（寿光境内小清河入海口），到了烟台。烟台是当时山东唯一的对外通商口岸，而且是约开口岸，主导权在英国人手中。

凭海临风，周馥的心情一定相当沉重。黄海是甲午战争事发地。他参与建立的北洋海军，七年前在此全军覆没，洋务运动宣告失败。不过，这次东进，周馥不是来凭吊的，而是来"破冰"的。因为德国对青岛的强行占领，因为德军对抗德民众的血腥镇压，中德关系一直比较紧张。如果不是因为一些纠纷的交涉，双方官员鲜有来往。

周馥决定打破僵局，对青岛进行一次访问。时间是 1902 年底。

胶澳总督特鲁泊深感意外，因为这是山东最高行政长官首次来访。特鲁泊在致德国政府的信中惊诧地说，这是一个"几乎无法令人相信的愿望"。

自 1897 年 11 月 14 日德军占领青岛起，此前五任山东巡抚——李秉衡、张汝梅、毓贤、袁世凯、张人骏，都不曾踏上这块令国人伤心的德国占领地。周馥是山东巡抚中访问青岛的第一人。

访问期间，双方举行了几次政治会晤，周馥谈了一些关于济南与青岛关系的具体问题。周馥曾说："即使青岛已被租借给德国，它仍属于山东地盘。"但德国人的理解是，你租借给了我，你对该地区的所有主权就自动丧失了。可见，理解和沟通依然存在问题。

鉴于机构联系的缺乏，周馥建议在此设立中国领事机构，派遣中国官员前来，以中华商务总局委托人或律师身份，出面调停中国人之间的争端。对此，特鲁泊表示异议。

但这次访问，促成了德国在济南设立领事馆、青岛礼贤书院学生可直接升入山东大学堂等利好。

胶澳之行，给周馥带来不小的震撼。当时德国是按照"军事基地和商港"的定位来建设青岛的。他们从德国请来一流的城市规划专家和建筑设计师，按照欧洲最先进的城市规划理念来设计。所以直到现在，德国留下的城建设施依然能够使用。可见当时绝对是做了长远打算。

这一点，周馥也感觉到了。他在写给光绪皇帝的奏折中说："我相信，德国人已经把租借地当成自己的国土来看待了。"这对周馥的刺激相当大。

鉴于对青岛的观察，周馥建议："我们必须通过工业和商业关系，对之加以控制。"的确，采取市场手段，是当时中国唯一的选择。因为这是双方共同遵循的"游戏规则"。

随之，周馥打出了一套"组合拳"：与袁世凯联手，奏请济南、潍县、周村自开商埠，箝制德国人的势力；倡导国人购买胶济铁路股票，借以挽回路权；筹官款 10 万两，扩大峄县煤产量，遏制德国人销售矿山产品；在烟台设阜东土产公司，专营出口山东土产及手工艺品，使德国人贸易适应中方范围……

师夷长技，方能制夷；知己知彼，方能百战不殆。周馥后来的施政方略，可以说与这次考察有着很大的关系。

来而不往非礼也。1903 年 3 月，胶澳总督特鲁泊赴山东内地游历，并率员前往济南府拜会周馥。从当年 5 月 5 日《胶州报》的报道中可以发现，随员中就有山东铁路公司青岛总办锡乐巴。

在周馥的示范下，至 1914 年 11 月德国败于日本后撤离青岛之前，继任的五任巡抚中，杨士骧、袁树勋和孙宝琦均有青岛行踪，而胶澳总督特鲁泊也多次访问济南。周馥的"破冰之旅"，搭起了一座双方持续对话十余年的平台。

继周馥之后，山东地方要员访问青岛渐成惯例。而在济南珍珠泉大院进出的，也不再仅仅是中国官员，特鲁泊、威海卫英国行政长官骆克哈特，以及形形色色的外国人，都前来拜会山东巡抚。

随着中外交流的增多，清末山东地方官不再闭关自守，而是虚心学习国外先进经验，处处彰显理性竞争精神，这不能不说是一种觉醒。

觉醒，是一种进步；觉醒，是一种力量；觉醒，是一种能力。

三

奏请济南、潍县、周村三地自开商埠，是周馥联合袁世凯打的一场捍卫主权的漂亮仗。

1903 年 4 月，胶济铁路通至青州；9 月展筑至张店，不久再展筑到周村。

尽管火车的轰鸣声离济南不足 100 公里，但那开疆拓土的势头却让山东巡抚周馥坐不住了，他不能容忍德国人通过铁路控制济南。

对德国来说，铁路无异于一辆攻城略地的战车，铺设到哪里，势力就扩张到哪里。

以前，德国是通过枪炮实施军事占领；如今，德国是通过铁路实施经济掠夺。怎么办？周馥和袁世凯决定联袂出击。

周馥与袁世凯关系很好，在朝鲜期间就曾共事。两人都是李鸿章提拔起来的。他们先是同僚，后来周馥的女儿周瑞珠嫁给了袁世凯的八儿子袁克轸，两人又成为亲家。

他们都设法抵制帝国主义势力在中国的扩张。在济南建立一个中国人发起和管理的商埠区，是他们的重要举措之一。

1903 年，周馥和袁世凯开始密谋应对之策。

1904 年 5 月 1 日，袁世凯、周馥在天津行馆再一次秘密会晤。这天，经过一年的密谋策划，他俩终于完成了《直隶总督袁世凯等为添开济南潍县及周村商埠事奏折》。

这份奏折现存国家第一档案馆，是济南开埠最原始、最重要的历史文献。在胶济铁路博物馆，可以看到这份奏折的高仿件。尽管我们无法看到他们上奏时的表情，但可以读出他们当时急迫的心情：

　　……自光绪二十四年，德国议租胶澳以后，青岛建筑码头，兴造铁路，现已通至济南省城，转瞬开办津镇铁路（天津—镇江，后

⊙ 这张明信片为 1903 年 3 月胶澳总督特鲁泊来济南访问时与时任山东巡抚周馥以及参与会见中德官员合影。特鲁泊之行被视为 1902 年底周馥首访青岛后的一次回访。

改为天津—浦口），将与胶济之路相接。济南本为黄河小清河码头，现在又为两路枢纽，地势扼要，商货转输较为便利。亟应援照直隶秦皇岛、福建三都澳、湖南岳州府开埠成案，在于济南城外自开通商口岸，以期中外商民咸受利益……

近代中国的商埠分为两类：一类是约开商埠，就是外国列强强迫中国履行不平等条约而开的商埠；一类是自开商埠。自开商埠较之约开商埠具有鲜明的主权在我的特点。

正因为优势明显，袁世凯、周馥提议："拟将潍县、周村一并开作商埠，作为济南分关，更于商情称便，统归济南商埠案内办理。"

清政府办事效率出奇地高。5月1日，袁世凯、周馥上奏；5月4日，光绪皇帝朱笔一挥："外务部议奏，钦此"；5月6日，外务部"议复奉旨允准"；5月19日，抄录通行，周知天下。如此之快，也许是为了抢在6月1日胶济铁路全线通车之前吧。

为了避免给德国造成不与之协商就擅自开埠的印象，外务部5月17日向德国驻京公使作了解释。话当然说得冠冕堂皇，是为了鼓励各国贸易，但德方已经意识到，这是针对自己来的。但他们都没有表示反对，因为他们明白这样做不会有什么好结果。如果他们表示反对，其他国家可能也不会答应。

1904年6月1日，胶济铁路全线通车。

1906年1月10日，济南正式举行开埠典礼。新任山东巡抚杨士骧莅临主持，有两百多位来宾出席，其中包括 70 位外国客人。

在一省之内同时开放三处商埠，在中国近代史上是绝无仅有的。这是当时山东官府为防止因胶济铁路通车后出现德国利权扩大、中国主权再失状况而做出的重大决策。

四

和袁世凯一样，周馥大力兴办新式教育。新式教育增设了许多西方科技，这是教"四书五经"的私塾先生所不能胜任的。为解决师资问题，1902 年 10 月，周馥在袁世凯创办的山东大学堂附设师范馆，开创山东官办师范教育的先河。

在周馥看来，学校之多寡，关乎国势之盛衰。为此，他要求各属分设中小学堂。后来，全省各州县开办中小学堂 80 余处，还不包括义学改为蒙养学堂，及民间设立的公立、私立中小学堂。

周馥非常注重职业技术教育。这一点，现在看来也属难能可贵。

当时，兖州、青州出蚕丝，但质量低劣，无法与苏杭等地的蚕丝相比。周馥遂在兖州、青州设立蚕桑学堂，此举对提高蚕丝质量起了十分重要的作用。

让人最为感动的，是周馥对外来人员子女的关心。他在济南创办了一所客籍学堂，妥善解决了外来人员子女上学难的问题。为官一任，造福一方，为民着想，替民分忧。周馥宅心仁厚，功德无量。

在周馥的努力下，山东教育"变学究为通方，化迂腐为实用"，实现了由旧式书院向新式学堂的转变，对当时的国内教育起了示范作用。这种影响一直持续到 20 世纪早期。

"商之本在工，工之本在农。"周馥还引进科技手段，改革传统农业。他在济南设立农桑总会，建立农事试验场，开办农林学堂；在泰安、兖州、沂州、曹州、济宁设农桑分会；因地制宜，成立农业专门公司。这在当时都是颇为超前的改革举措。

山东，给周馥一个舞台。周馥，给山东一份精彩。

如今，山东农事试验场，已发展为山东省农业科学院；济南农林学堂，1906 年改为山东省高等农业学堂，后发展为山东农业大学。

周馥一百多年前播下的种子，如今已长成参天大树，福佑着一代代百姓。

1907 年，周馥辞官归乡。1921 年，周馥病逝，朝廷赐谥号"悫慎"。悫（què），诚实，谨慎；厚道，朴实；恭谨。周馥生前为官的地方，纷纷发电民国政府要求建祠以祀。真正造福于民的人，人民会在心里给他立一块丰碑。

日德东亚摆战场

青岛有一山，名青岛山，山不高，128 米，却小有名气。清末守将章高元曾在此设防。德国占领后将其更名"俾斯麦山"，山南有两座炮台，名"俾斯麦炮台"，日德战争时被毁，炮台遗址犹存，是青岛"一战"遗址博物馆的著名景点。

"一战"主要发生在欧洲，但在亚洲有一个唯一的战场，这就是青岛。交战双方，一个是德国，一个是日本。

一

日本对德国早有不满，对青岛也垂涎已久。

日德结下梁子，要追溯到甲午战争。1895 年，俄、德、法"三国干涉还辽"，让日本把到口的"肥肉"——日本逼迫清政府签订《马关条约》割让的辽东半岛——不得不吐出来。到口的"肥肉"就这样飞走了，日本能不记恨吗？因此伺机报一箭之仇。

1897 年 11 月德国侵占胶州湾时，日本就意欲干涉。12 月 21 日，日本密遣参谋部副将神尾光臣、部员宇都宫太郎赴武昌，游说张之洞，联英联日，以抗俄德。

德国也不想在中国问题上遭到日本的阻挠，于是以"不再反对日本在中国大陆上立足"为条件，换取了日本的支持。

对于日本觊觎青岛的图谋，德国其实早有所察觉。德皇威廉二世的弟弟海因里希亲王，1912 年就特别提醒在青岛的德国人："如果日本人来了，你们要坚持住。"两年后，青岛日德战争爆发。这是否是对日本进攻青岛的最早预言？

德国投入巨资把青岛打造成"模范'殖民地'"，这让日本更加垂涎，一直图谋取占为己有。

机会终于来了。

1914 年 7 月 28 日，"一战"爆发。一方是以英国、法国、俄国为首的协约国，一方是以德国、奥匈帝国为首的同盟国。日本属协约国。

"一战"的爆发，被日本视为对付德国的天赐良机。德国陷入欧洲战场无力东顾，日本趁虚而入，趁火打劫。

日本志在必得，做好了充分准备，不仅窃取了青岛的各种情报，甚至在出兵前就已为驻防青岛的德军修建好了战俘营。为了这次战争，日本总共出动 5 万兵力，而守卫青岛的德军（包括预备役国民军、武装起来的商人）加起来还不到 5000 人。

8月15日，日本对德发出最后通牒，要求在中日领海内的德国军舰一律解除武装，9月15日前将胶州湾交与日本，然后由日本转交给中国，限德国于8月23日午前答复。

德国未作答复。

8月23日，日本对德正式宣战。9月3日，战争开始。同日，奉行中立的北京政府照会各国驻京公使，声明山东半岛潍县以东地区为日德交战区，以西为中立区；同时照会各交战国保护中国人民财产。

弱国的声明，在列强看来，也就是一阵风而已。

二

德占青岛期间，修建了规模庞大的军事防卫工程——青岛要塞，设立了众多炮台、堡垒、军营及附属设施，成为远东著名的海防要塞。

鉴于德军海防严密，日军兵分两路：一路由神尾光臣中将率领，于9月2日在山东龙口登陆；一路由加藤定吉中将率领，于9月18日从崂山仰口湾登陆。

神尾光臣曾长期在中国搜集情报，甲午战争时任第2军情报主任参谋，参与制订日军金州半岛登陆计划及旅顺作战方案，战后晋升中佐，任清国公使馆武官，1914年8月任青岛攻城军司令官，战后任青岛守备军司令官，1916年晋升陆军大将。

从龙口登陆的日军没有遇到阻碍，长驱直入，过平度，抵即墨，到胶州。9 月 17 日，日军占据胶州火车站，将中国警察尽行驱逐。

日军在龙口登陆后，直驱潍县。日本参谋本部 9 月 13 日就把占领胶济路西段的计划通知了外务省，要他们转告中国政府。23 日，参谋总长长谷川好道指令战地司令官神尾光臣中将占领胶济全线。

诞生 10 年的胶济铁路，即将遭受列强的撕扯。

9 月 25 日，德国驻华使馆致函中国外交部："兹因战事，胶济铁路公司拟停潍县迤东行车并坊子矿务，请设法保护已弃之铁路并矿务各机具等物。"次日，外交部致函德国驻华使馆代办马尔参："已饬地方官设法照常维持保护。"

就在德国致函中国外交部这天，9 月 25 日晚，日军大尉野村率 400 多名士兵在夜幕掩护下包围了潍县车站，10 多名手无寸铁的铁路职工遭拘捕，其中 1 人被刺伤，车站的 4 名德籍人员也被掳走。

被刺伤的职工叫李天训，系车站电报员，一直下落不明。驻潍县陆军第五师师长张树元派人多方寻查，三天后，在车站西北一片坟地内发现了尸首。经医官检验，为刺伤左肋致死。张树元命部下与日方交涉，日方当场口头承诺查办行凶之人，却再没了下文。

9 月 26 日，外交部致电驻日公使陆宗舆，要求他向日本政府申明：

自潍至济铁路，由我保护，并经日使转政府训令，声明军队不过潍县以西各在案。现日军拦入潍县，占据车站，显与声明不符，实属侵犯中立。希切商日政府，迅即电令将此项军队撤退，并交回车站。嗣后不可有此等举动，以重国信，而维中立。

外交部同时向日本驻华公使日置益发出正式照会，提出抗议。

日置益恃强狡辩："当时确有军队不过潍县以西之言，但并未言及铁路全线占据问题。……胶济铁路属于德国产业，自为德国谋种种利益，所以在军事上有占据之必要。"

9月27日，外交部再电陆宗舆，要求他向日本政府申明：

潍县为我向来屯兵之所，倘日军对我军人有非礼举动，致生冲突，中国不能负此责任。事机紧迫，是以特再恳切声明，即希抄电亲送加藤外相，切实要求迅电潍县军队，立即撤退，以顾邦交，而维信用。

加藤外相，即加藤高明，日本明治大正期间政坛活跃人物，1914年担任大隈内阁外相，主张对内增强军备，对外参加第一次世界大战，是旨在灭亡中国的"二十一条"的炮制者。

加藤高明也对陆宗舆表示，日本认为，胶济铁路属德国铁路，当与青岛一并占领，请将中国军队撤离，若中日双方发生冲突，日本将视为中国帮助德国，与日本为敌。这番话已经是在威胁中国了。

外交部9月30日致电陆宗舆，向日本政府提出抗议，驳斥"日认胶济路为德路"的说法：

胶济路系华德商办，载在胶约第二端及胶济铁路第一款，足证不惟是商人产业，且系中国商人有份之产业，谓系德政府产业，实属根本误会。夫交战国官产。在中立国领土，其他交战国尚不能侵犯，况中德商办产业安得占据？自潍至济铁路由中国保护，尤经本部特别声明，亦经贵公使特别承认。日军队拦入潍站，且有西进意，而贵使声明，将占全路，本政府不能不认为违反协商，侵犯中立，破坏公法。

尽管有根有据，有礼有节，但对于蛮横无理、志在必得的日本来说，根本不起丝毫作用。中国力不能抗，乃谋求退让之策。

三

10月2日，外交次长曹汝霖与日使日置益会商，提出非正式的调停案：

一、中国政府不允将胶济路卖或让与日本外之第三国；

二、战后日德对胶济铁路有何协定，中国政府不持异议。

10月3日，外交部佥事程遵尧奉命赴德驻华使馆，与代办马尔参磋商胶济铁路事宜。

程遵尧指出：“现在日军于占据潍县车站后，尚拟进兵至济南，占据胶济全路。本国政府已迭经抗议，迄无效果。在日本方面，借口于该路为德人所管理，凡德人利权所在，日人即可占据之。本部总长因恐日军若实行占领由潍至济铁路，则中国中立再遭破坏，地方亦必大受影响。而德国人员之在该路服务者亦大受损害，是以本部总长之意，拟请德国公司将该路交还中国管理，一面与日人交涉，勿再进占由潍至济铁路，似于各方面均有裨益。"

马尔参表示："胶济铁路公司本系中德合办。今承贵部总长提议交还中国管理，以免日人借词侵占，用意甚善，本代办亦甚赞同。惟最要者，该路只能交与中国自行管理，不得交与日人，设若参用日人，则德人仍须如数延用也。"

德国同意将胶济铁路交中国接管，使日方借口"胶济路为德路"进而占领的理由不能成立。不料，日本外务省声言，胶济铁路"由德人交中国接管手续，根本不能承认"。

狼要吃羊，总要找个借口。10月5日，日本驻华使馆照会中国外交部：

一、胶济铁路系根据胶济条约所发生。现虽暂由中国管理，不可谓非德人之所有物。日本现既与德开战，则其目的非仅及于青岛，举凡德人在东方所有之权利，日本均可得以兵力取得之。

二、战事初起时，德人利用胶济铁路运兵输粮，中国并未切实禁止。日本为军事起见，实有占据全路之必要。现在中国虽担任不有前项情事，日本实不能相信。

三、当日俄开战时，日本实首先占据南满铁路。昔年既有此先例，则日本此次占据胶济，实为正当举动。

"举凡德人在东方所有之权利，日本均可得以兵力取得之。"
这番狂言，道出了日本鲸吞胶济铁路的野心。

四

日军继续扩大军事行动。10月5日，占领青州车站；6日，占领济南车站。

德国人并不想轻易就范。10月7日，中国外交部致电陆宗舆："山东电称：德人初拟死抵抗，地方官再三劝阻德领事阻止，本晚日军三十人来济，业将胶济在省城三站一律接收。德人平和交兑，秩序尚安靖。"

这"三站"是胶济铁路济南站（位于商埠）、济南北站（1916年更名北关站）、济南东站（1917年更名黄台站）。

当时济南商埠区有两座大型车站：一座是1911年建成的津浦铁路济南站，一座是德国正在扩建的胶济铁路济南站，在津浦铁路济南站南约300米。占领胶济铁路济南站后，日军把车站扩建工程也接了过来。

在如狼似虎的日本面前，北洋政府只有抗议的份儿。

7日，外交部向日使提出抗议："将济南车站日兵，迅即撤回。"

8日，日使答复："本国政府对于山东胶济铁路有管理之必要。"

9日，外交部再度抗议，并对日使10月5日照会逐条批驳："……谓本国政府对于敌军利用该路之行为不能阻止，既未举出证据，又

⊕ 日德战争中被毁的四方火车站。

⊕ 日德战争中被毁的铁路桥。

不知何所指，本国政府实难承认。胶济铁路潍县以西四百余里，有贵国军警之防范，其东三百余里，有贵国军队之驻屯，青岛四面，重兵围绕，外无援助，已成孤立，乃谓不占潍县以西四百余里之路，即有非常之危险，实不知危险究何在也。"

10 日，日使答复："日军占据山东铁路，乃行军计划之一部分，开战之初，即向中国声明。"

袁世凯一面派孙宝琦与日使交涉，一面电令靳云鹏以地方政府名义与日军协商《胶济路临时维持治安条款》。另派刘子楷以非正式代表身份到济南会同靳云鹏办理交涉。

日本的行径激起全国人民的愤恨。10 月 16 日，各省将军联名致电袁世凯："日兵占据潍县，进兵济南，势将窥我津浦。目下情势，与曩昔满洲战局，迥不相同。日本倘越济南一步，我国中立根本即为动摇。某等置身军界，捍卫疆土，义无旁贷。请大总统即饬外交部与日本严切交涉，要求日本将济南军队，即行撤退；倘日本不念国交，再有意外行动，则我国惟有预备最终对待之方法，某等义当生死以之。务求大总统钧谟独断，以伸威信。"

袁世凯力避与日军冲突。同日，致电各省将军："务须镇静以待，不必稍形惊扰，致碍外交前途为要！"

济南方面，靳云鹏、刘子楷奉袁世凯"免生冲突力主和平"的旨意，曲意妥协。由于袁世凯政府一味妥协，实际上已认可既成事实，日军终于未撤离济南。

再看青岛。10 月 31 日，日军向青岛德军发起总攻，德军依托坚固堡垒拼死抵抗。11 月 7 日凌晨 1 时 30 分，日军趁德军极度疲惫之机，成功偷袭中央堡垒，乘势攻陷湛山、台东镇等堡垒。伊尔奇斯诸炮台随后相继失守。早上 6 时，俾斯麦南炮台失陷。6 时 30 分，俾斯麦北炮台失守，德军最后防线崩溃。7 时，德军在信号山悬挂白旗投降。投降前夕，德军将炮台火炮自行炸毁，军舰、浮船坞自沉于海中。

11 月 7 日，日军攻陷青岛。10 日，德军投降。胶济铁路全线沦陷。随后，日本把胶济铁路改成山东军用铁路，由临时铁道联队管理。

次年 3 月，"满铁"按照日本政府指令，派出一批职员组成"山东铁道管理部"，协助日军管理山东铁路和煤矿。中国路警被勒令退出铁路线，沿线各站由日军派驻守护队。从此，日本控制青岛及胶济铁路长达 8 年之久。日本把"俾斯麦山"改名"万年山"，想必寄托着他们长期霸占青岛乃至胶济铁路的美梦。

站在山上，观海听涛，虽然战火已经远去，但对列强的警惕丝毫不能放松。

谈判桌上舞刀枪

1915 年 1 月 18 日，日德战争结束两个月后，日本驻华公使日置益就携参赞小幡酉吉、书记官高克亨，径直闯进总统府，面谒袁世凯，把"二十一条"文本直接呈交袁世凯。

日置益语气强硬："本公使现奉政府训令，当面向大总统呈交'二十一条'要求，诚愿大总统赐以接受，迅速协商解决，并请保守秘密。"

日置益选择觐见的时间跟阴谋很吻合：晚上。

袁世凯很惊讶。因为按照外交惯例，日本公使应事先照会中国外交部，约定接见时间以后才能谒见，不邀而至将被视为违例。当日置益把"二十一条"条文本呈现到他手上时，他发觉这份外交文本竟然誊写在印有无畏舰和机关枪的水印纸上！威胁意味不言而喻。

袁世凯是第一个看到"二十一条"的中国人。这是他从政以来最严重的外交危机。

"二十一条"全文共 5 号 21 条款，其中第 1 号的 4 条款全部要求中国出让青岛和山东权益。其余 4 号 17 条款包括：要求中国声明日本在南满及东蒙有支配权利；许给日本以管辖汉冶萍矿及长江一带各种利益；规定中国不得把沿海各地租让他国。第 5 号内容是要中国政府把政治、财政、军事、警察等项大权，全交日本控制。

面对这一惊天大劫掠，袁世凯也没什么好办法。他手中的牌很少，用他自己的话说："我国国力未允，尚难以兵戎相见。"本指望西方国家干预，可他们忙于欧战，无力东顾。因此，袁世凯只能安排外交总长陆徵祥跟日本进行周旋。

一

接受这一注定失败的谈判任务，实非陆徵祥所愿。但接受了这个任务，就得谈下去。

陆徵祥在自己的回忆录《我经手签订二十一条痛史》中做了详细的记述，所有的策略就是一个字："拖"。

日使道："谈判必须每天开会，星期日也要照样开，以赶快解决为原则。"

我答道："每天开会，我无异议，但星期天也要开，外交习惯上无此成例，似可不必。再者，虽然每天开会，但我身为外长，不能打消别国使节的会谈，我每天上午必得腾出时间，接见宾客，会议便只能在每天下午举行了。"

日使道："可以。"

我道："每天规定午后五时起开会。"

日使道："那太晚了，最好下午两点钟开始，夜间也必须继续开下去。"

我答道："两点钟开始，不成问题，但夜间继续开会，我的精力不足，一星期后，我必须辞职了。"

待谈判开启以后，陆徵祥又施展"太极"功夫。

当时日方"坚请中国政府对全部要求立即发表意见"，陆徵祥则坚持逐条讨论。日方又主张"按号按条先询问贵国之意见，然后再行逐条商议"。陆徵祥又强调："本总长于一月廿八日到任，廿九日拜外交团，卅日始行视事，时间如此匆迫，对于二十一条内容，未能详加研究，如可再缓一星期，待我全部研究后，再行奉告，可否缓至下星期二再开会？"

日使无话可说，叹道："今天午后三点钟起至五点钟止，耗去了整整二小时，毫未谈出什么结果。"遂要求陆徵祥研究完后"每日开会"，陆徵祥答道："外交部每逢星期三为接见期，外宾纷杂，每日会议，事实上难于照办，且本人精力不足，惟望原谅。"

陆徵祥很清楚：按日本当时给日置益的训令，重在从速讨论，每日开会，逐号商议；我则主张逐条讨论，一星期只开会两次。拆穿来说，日方当时意图速谈速了，免得夜长梦多，徒生国际枝节；我方则希望迁延时日，在会外寻求转机。

据顾维钧回忆，为了更好地贯彻"拖"字方针，陆徵祥还想出了若干"小招"。比如减少会谈次数，日本人要求每周谈五次，陆说只能谈一次，因为他的事务繁忙，还要处理跟其他国家的外交事务，还要参加内阁会议等，最后实在抗不住日本方面的压力，每周谈三次。

每次会谈，陆徵祥都会想方设法缩短实际的会谈时间。两个小时的会谈，例由东道主先说话，每次开场白之后，陆徵祥都让仆人献茶，于是进入茶歇阶段，上茶，上点心。他自己带头慢吞吞地一口一口呷，一杯茶半晌也下不去。日本人生气，他赔笑脸，慢呷如故。总之是能拖就拖，拖一分钟是一分钟。

陆徵祥大演"中国茶道"，让心急火燎的日方代表日置益、小幡酉吉、高克亨无可奈何。

在拖延了三个月后，日本最终失去了耐心，5月7日向中国发出最后通牒，限5月9日午后6时前答复，如到期收不到满意答复，将采取"必要之手段"。

日本摆出大战一场的姿态，军舰在渤海一带游弋，山东、奉天兵力增加，关东戒严，日侨纷纷回国。

在对外求助无望、国内贫弱无力的局面下，中国被迫与日本签约。期间，陆徵祥和日置益在谈判中咬文嚼字，寸土必争，也迫使日本做出了一些让步。

据陆徵祥回忆："我在参议院报告后之次日，又往见袁总统，袁氏说道：'陆先生你累了。可是这事结果很好。'我答道：'精神倒还支持得了，不过我签字即是签了我的死案。'袁氏道：'不会的。'我又说道：'三四年后，一辈青年不明白如今的苦衷，只说陆徵祥签了丧权辱国的条约，我们要吃他的肉。'袁氏此时也只有报以苦笑，并问我道：'这事在外交上有何补救办法？'我答道：'只有参战，到和会时再提出，请各国修改，不过日本能否阻挡，现在尚不可知！'袁氏说：'这句话如今还不可说啊！'"

这也许是中国参加"一战"的最初念头。

陆徵祥非常清楚签约的后果。签字前夕，他对袁世凯说："从此我陆徵祥千秋万代被人唾骂。"果然如他所料。无怪乎历史学家张鸣说："自晚清以来，直接跟西方打交道的人，一般都难逃脱卖国的恶谥。处在第一线办交涉，妥协就等于卖国，但不妥协，又无路可走，只要你经手操作，这种两难境地，概莫能外。"

严格意义上说，袁世凯签的不是"二十一条"，而是《民四条约》（民四，指民国四年，即 1915 年），计 2 个条约（《关于南满洲及东部内蒙古之条约》《关于山东省之条约》）、13 件换文。其中关于山东问题的有 1 个条约、3 件换文（《关于山东事项之换文》《关于山东开埠事项之换文》《关于交还胶澳之换文》）。

　　历史学者于瀚在比较了《民四条约》与"二十一条"原本时发现："最后签订的文本实际上只有'十二条'：原本中第五号的七条没有签订，第四号全部删除，第三号中的两条删除一条，第一、二号中的十一条最后签订的条文不是'留待日后磋商'，就是加进了限制条件。这些不得不说是袁世凯外交努力的结果，尽管不一定是最好的结果。"

　　"二十一条"交涉后，日本外相加藤高明下野以示负责。近代史学者、《中华民国史》撰稿人之一章立凡认为，这或可看出日本人自认为其外交失败、袁世凯之成就。

　　但历史学者唐德刚认为，这部条约袁世凯等人虽然奋力反抗，但这仍然是一部丧权辱国的条约。

　　二

　　1916 年 6 月 6 日，袁世凯病逝。此后没有一个人能够控制庞大的北洋军阀，军阀割据，你争我夺。

　　1917 年 7 月，皖系军阀段祺瑞重任总理，掌控北京政府。此后，南北再次开战，护法战争爆发。同前任总统——"泥菩萨"黎元洪、现任总统——主张"和平统一"的冯国璋不一样，段祺瑞一直主张"武力统一"中国。

　　打仗需要钱，可北洋政府缺的就是钱。时值第一次世界大战，段祺瑞政府想到了一招：参战。

段祺瑞政府在《加入协约国条件节略》中提出的参战条件：

一、停付德、奥两国赔款，暂缓 10 年偿付协约国赔款；

二、进口关税增至 7.5%，待厘金裁撤之后增至 12.5%；

三、取消《辛丑条约》中不允许中国在天津驻军等条款。

恰恰是对德宣战案，使总统府与国务院彻底失和，引发"辫帅"张勋进京武装调停，而张勋复辟闹剧又导致黎元洪下台。

8 月 14 日，段祺瑞政府才如愿以偿，中国正式对德宣战。

在这前后，段祺瑞政府向日本大举借款。1917—1918 年，共向日本借款 5 亿日元。其中由西原龟三与段祺瑞政府的曹汝霖、陆宗舆、章宗祥商办议定的有吉会铁路、"满蒙"四铁路，吉林、黑龙江两省的森林和金矿，有线电信、参战、交通银行等八项借款，共计 1.45 亿日元，史称"西原借款"。

"西原借款"是民国以来中国对外借债条件最优厚的一次：利息低，无回扣，无切实抵押。

鲜为人知的是，对于这笔巨款，段祺瑞并不想还。加之政局动荡、借款担保又不可靠，段祺瑞倒台后，后继的中央政府更无意替段氏还债，西原借款的绝大部分都打了水漂。

尽管日本在经济上损失很大，但在政治上收获颇丰。通过提供贷款，并以此为交换，日本巩固和扩张了在东北的势力。

特别值得注意的是，通过提供贷款，日本把手伸到了中国军队和军械制造层面，比如段祺瑞编练的参战军，军械全由日本提供，用的全是日本教练。日本以武力威胁没有让袁世凯政府接受的东西，现在凭借日元，有的内容也都实现了。

三

1918 年 9 月 2 日，为筹措军费，中国驻日公使章宗祥访晤日本内阁谋士西原龟三，表示北京政府同意以济顺（济南—河北顺德，今邢台）、高徐（高密—徐州）二铁路由日本垫款修筑及胶济铁路由中日合办为条件，要求日本再借款 4000 万日元。

9 月 25 日，北京政府与日本交换了关于山东问题的换文。这份换文，又称"中日密约"。

日本外务大臣后藤新平照会中国驻日公使章宗祥：

帝国政府顾念贵我两国间所存善邻之谊，本和衷协调之旨意，将关于山东省诸问题照下列各项处理，认为妥当。兹将此事特向贵国政府提议：

一、胶济铁路沿线之日本国军队，除济南留一部队外，全部均调集于青岛；

二、胶济铁路之警备，可由中国政府组成巡警队任之；

三、上列巡警队之经费，由胶济铁路提供相当之金额充之；

四、上列巡警队本部及枢要驿并巡警养成所内应聘用日本国人；

五、胶济铁路从业员中应采用中国人；

六、胶济铁路所属确定以后归中、日两国合办经营；

七、现在施行之民政撤废之。

贵国政府对于上列之提议，其意向若何，敬希示复为荷。

章宗祥在 1918 年 9 月 25 日递交的《中国政府复文》中赫然写着："中国政府对于日本国政府上列之提议，欣然同意。"

在历史学者袁伟时看来："日军撤退，民政权收回，减轻了侵略后果，乍看是好事。不过，这些权利本来应该从德国人手中直接收回，这样互换照会，等于承认日本有权继承德国侵占中国的权益，为日后交涉留下大患。这就是在巴黎和会中引起轩然大波的所谓中国政府'欣然同意'的中日关于山东问题的换文的由来。"

的确，通过这个换文，日本攫取了超过《民四条约》的新权益。根据《民四条约》，日本所获取的仅仅是当年德国所占的"遗产"范围，譬如原中德胶路章程规定，中国将来有收买胶济铁路之权，该换文却规定铁路所属确定后归中日合办经营，等等。

这是卖国罪行，还是经验不足的失误？著名报人王芸生在《六十年来中国与日本》一书中说："此项换文在当时言之，比较于中国有利。然当时欧战大势显然属于德败，我为参战国之一，关于山东问题，自以留待媾和大会为得计。乃当时中国与日本有此一幕枝节之交涉，资为日本后日在巴黎和会中之借口，亦憾事矣。"

四

1919 年 1 月 18 日，全世界的目光都聚焦到了法国巴黎。凡尔赛宫被各色国旗环绕。这天，第一次世界大战的胜利方——协约国在此召开和平会议，重新规划欧洲、西亚和非洲的新秩序。

27 个战胜国派代表出席了巴黎和会。中国尽管参战较晚，但毕竟也算战胜国，所以也派出了与会代表。

中国参加巴黎和会，目的有四：（一）收回战前德国人在山东省内的一切权益，可是这些权益现在已被日本以武力侵占；（二）借国际会议主持公道，取消民国四年中日条约的全部或一部；（三）取消外国人在中国享有的一切特权，如领事裁判权、租界、关税协定等；（四）结束德国、奥国在华的政治与经济利益。

国人对巴黎和会充满期待，满以为可以摆脱不平等条约的束缚，争得关税自主的权利，收回被日本占据的青岛和胶济铁路。

中国政府派出五位全权代表：外交总长陆徵祥、驻美公使顾维钧、南方政府代表王正廷、驻英公使施肇基、驻比公使魏宸祖。鉴于中国只有两个席位，陆徵祥和顾维钧为正代表，其他三人为副代表，轮流参加会议。由于陆徵祥身体不好，顾维钧就成了事实上的首席代表。

1 月 27 日，巴黎和会召开由美国、法国、英国、意大利、日本参加的"最高会议"。在最高会议上，日本代表牧野提出日本政

⊕ 巴黎和会上的中国代表（前排左一为陆徵祥，左二为顾维钧）。

府宣言书，要求德国政府无条件让与以下权利，主要内容是：

（一）胶州湾租借地、胶济铁路及德国人在山东其他所有权利；

（二）太平洋中赤道以北，德国属下所有岛屿及岛屿上各种权利和财产。

牧野把索取的理由说得冠冕堂皇，大意是：欧战开始后，德国以胶州湾为根据地横行霸道。日本为维持东亚和平起见，给德国下最后通牒，要求交出胶州湾，以便将来归还中国。因德国限期内没有答复，乃与英军联合对德作战，占领胶州湾及胶济铁路，此后德国所有权利都应为日本所有，且日本为此牺牲不少，这种要求实乃正当公平之举。

牧野的这一声明，让中国代表措手不及，因为中方并未做专门准备。

牧野发言后，大会主席克列孟梭立即询问中国代表是否愿意答复日本的声明。顾维钧表示需要时间准备发言。克列孟梭宣布休会。

在第二天的会议中，中国代表请求发言。顾维钧说："胶州湾租借地胶州（济）铁路及其他一切权利，应直接交还中国。青岛完全为中国领土，当不容有丝毫损失。……胶济铁路与津浦铁路相接可直达首都，于国防上中国亦断然不容他国之争执也……"

牧野说："日本占领胶州湾后，迄至今日，事实上已为领属；然而中日两国间，已有交换胶州湾交还之约，并关于铁路亦有成约……"

"铁路亦有成约"，指的是 1918 年 9 月 25 日中日山东问题换文，即中日密约，顾维钧在反驳中把它归因到"二十一条"。

顾维钧首先从臭名昭著的"二十一条"切入，使这个举世公认的"用枪刺提出的要求"的效力发生问题，然后引申到它所"派生的一系列换文"，用"归谬法"轻轻一点绕过了棘手的"换文"问题，这使他的答辩很策略，很巧妙。当时，中日 1918 年关于山东问题的换文密约尚未公开，尽管牧野想以此要挟中国，却不敢在众目睽睽之下开公开提出这一密约。当然，顾维钧也必须绕开这块暗礁，同时又必须回击牧野的挑战，于是便来了个"围魏救赵"。他给人们留下的潜台词是，中日 1918 年密约和"二十一条"一样，都是在日本的胁迫下签订的。

1 月 28 日中日大论战之后，中国代表团精心准备《中国要求胶澳租借地胶济铁路暨其他关于山东之德国权利直接归还之说帖》，于 2 月 15 日送交大会。并附上了 19 份文件，其中包括"二十一条"和 1918 年有关青岛及山东问题的各项换文。

日本代表并不甘心，他们积极争取外援。为迫使英、法两国支持自己"合法"占领青岛，日本拿出 1917 年与英、法达成的秘密协定，表示英、法承认将德国在青岛的权益转归日本。在"白纸黑字"面前，本来对青岛问题"不甚关心"的英、法当然转向日本。

而此时中国认为最可信赖的美国也发生了转向。威尔逊总统受国内孤立主义对他热烈追捧的"国联"的反对、意大利的中途退会、日本声称退出国际联盟等影响，放弃了制约日本的立场。

在 4 月 22 日的大会上，威尔逊质问中国："1918 年 9 月，当时协约国军势甚张，停战在即，日本决不能再强迫中国，何以又欣然同意与之订约？"

形势正朝着不利于中方的方向发展，1 月 28 日营造出的中国优势正在一点点消解。

4 月 30 日，美、英、法三国组成的和会"最高四人会"秘密决定，把德国在山东的全部权益转让给日本，后被写进《凡尔赛和约》第 8 号第 156 条、157 条和 158 条之中。

巴黎和会决议一出，引发了中国国内轰轰烈烈的五四爱国运动。

中国代表拒签合约，山东问题成为悬案。

五

1921 年 11 月 13 日，华盛顿会议开幕。会议主要是解决《凡尔赛和约》未能解决的彼此间关于海军力量对比，及在远东太平洋地区特别是在中国的利益冲突。

中国全权代表是：外交部长颜惠庆、驻美公使施肇基、驻英公使顾维钧、大理院院长王宠惠及广州政府外交次长伍朝枢。因颜惠庆本人并未前往，伍朝枢拒不从命，实际赴会的全权代表仅有三人。

日本关于山东问题的谈判代表是币原喜重郎。

12 月 1 日，中日在华盛顿会议主会场外举行边缘谈判。美英

⊕ 1922 年 11 月 12 日，美国、英国、法国、意大利、日本、荷兰、葡萄牙、比利时、中国 9 国代表参加的华盛顿会议召开。图为会议开幕前各国首席代表合影留念（左二为中国代表施肇基）。

两国派观察员列席，其任务是观察以及调解纠纷，弥补分歧。

12月13日，胶济铁路谈判开启。

胶济铁路是山东问题中最关键、难度也最大的问题，也是中日之间长期争执的主要焦点。因此，关于胶济铁路的谈判耗时最多。由于在很多细节问题上双方常常僵持不下，谈判甚至曾两度停止。中日双方分歧最大、争辩最激烈、费时也最多的议题集中在中国以何种方式收回该路。

谈判开始时，日本仍然坚持"中日合办"胶济铁路，在中国坚决反对下，同意中国赎路自办，但要借日款赎路，以便成为胶济铁路的债权人。其附加条件是胶济铁路的总工程师、车务长、总会计师都由日本人担任，这样日本实际上仍然把胶济铁路牢牢抓在手中。

考虑借日款赎路的弊端，中国反对借日款，提出现款赎路，完全收回路权，以免除后患。当时，国内群情激奋，各省要员纷纷认筹款项，但实际募集的款项还不足50万美元，现款赎路显然行不通。

中国又提出国库券赎路办法。日本则仍然坚持借日款赎路。日本的顽固立场招致美英两国的不满，认为借日款赎路有损美国的门户开放政策，于是美国向日本施加压力。在美英两国调停下，中日双方最终选择以国库券方式赎回胶济铁路。

12月31日，中国外交部就铁路交涉具体方针致电华盛顿会议代表：

转准交通部拟定办法四条：

一、现款赎路恐难实行。

二、国库券作保证，偿还期限十年或十二年均可，允三年后提前清偿亦可，通融以为拒绝用人之交换。

三、车务较会计尤重，倘争持至不得已时，可允用日人充副会计长；再不得已，可仅允日人充副车务长。若仅允日人充胶济段养路工程师，关系尤轻。

四、无论用日人任何职务均须加以下之限制：

（甲）须由我自由聘用。

（乙）须受津浦车务长或会计长或总工程师节制指挥。

（丙）其职权限于胶济段。

（丁）聘用期间以款项清还时为限。

因这个交涉方针，中方与日方在胶济铁路用人问题上再起争执。

顾维钧坚持由中国人任车务长是不能变的，唯一可以考虑的通融办法是，总会计师可以由日本人担任。因为让日本人主管会计业务，只有让中国人当车务长才能体现公平。这就好比一架天平，只在一端放上砝码不行，必须在另一端放上同样重量的砝码，天平才不会倾斜。

币原喜重郎当即否决了顾维钧提出的通融办法，他说这不是通融而是明摆着打压日本，他决不打算从原来的立场上后退半步，除了让日本人当车务长、中国人任副职这个方案之外，没有可通融的余地。

顾维钧拒绝，并如法炮制回敬币原，币原也拒绝。

中日谈判再次陷入僵局。此时华盛顿会议已近尾声，美国转而向中国施压，极力劝说中国接受日本的新方案。

北京政府看到无力得到更多权益，于是电令代表签字。

1922 年 1 月 31 日，中日议决胶济铁路办法七条。

2 月 4 日，中日双方正式签署《解决山东问题悬案条约》及《附约》。该条约正文 11 节 28 条，附约及协定条件 22 条。其中"第五节　青岛济南铁路"部分条款如下：

第十四条　日本应将青岛济南铁路及其支线并一切附属产业，包括码头、货栈及他项同等产业等项，移交中国。

第十五条　中国担任照上述铁路产业之现值实价，偿还日本。

偿还之现值实价内系五千三百四十万零六千一百四十一金马克（即德人遗下该项产业一部分之估价）或其同价并加日本管理期内对于该路永久增修所实费之数，减去相当折旧。

…………

第十八条　中国因实行本约第十五条偿还路价办法，应于该铁路产业移交完竣，同时以中国国库券交付日本。此项库券以铁路产业及进款作抵，期限十五年，但得任中国政府之选择，由交付库券之日起，满五年时或五年后不论何时，经六个月前通知，将库券全数或一部分偿清。

第十九条　在上条所称库券未偿清前，中国政府应选任一日本人为车务长，并选任一日本人为会计长，与中国会计长权限相等，其任期均以库券偿清之日为止。此项职员统归中国局长指挥、管辖、监督，有相当理由时得以撤换。

山东悬案终于尘埃落定，胶济铁路回归在望。这期间，以陆徵祥、顾维钧为代表的中国外交官为此付出的艰辛和努力，让我们心生敬意，也不胜唏嘘。

被掳"游子"终回归

"游子",指的是胶济铁路。自日德青岛战争后,它被掳走整整 8 年。经过中方的艰辛努力,终于到了该回归的时候了。

华盛顿会议结束后,关于接收工作的鲁案善后谈判移师北京,地点就在东堂子胡同的外交部——曾经的总理各国事务衙门。这座与胶济铁路密切相关的西式建筑,曾是《胶澳租借条约》签署地、"二十一条"谈判地,多少屈辱尽在其中。

1922 年 3 月 3 日,北洋政府在这里设立督办鲁案善后事宜公署。

大总统徐世昌下令:特任王正廷为鲁案善后督办。这是王正廷自民国初年辞去署理工商总长以来,第二次在北京政府之内取得位同内阁总长的特任官阶。

王正廷,字儒堂,浙江奉化人,1910 年毕业于美国耶鲁大学法律系,为民国时期外交高级官员。1919 年他作为中国出席巴黎和会全权代表之一,坚持拒签对德和约,获得国内舆论好评。

⊕ 王正廷

　　由于"解决山东问题"所涉及的内容异常繁杂，北洋政府又同时任命山东督军田中玉为鲁案善后事宜会办。

　　一

　　鲁案善后，千头万绪，从何开始，众说纷纭。有的建议先谈胶济铁路，有的建议先谈青岛公产，还有的建议先谈青岛接收。

　　恰在这时，王正廷巧遇回国的顾维钧。王正廷问他对鲁案善后的看法，顾维钧不假思索地说了两个字："撤兵！"二人不谋而合：让日方先撤军，对外可以昭示中国主权，对内可以免生不测。

　　3 月 24 日，王正廷和日本驻华公使小幡酉吉坐到了谈判桌前。谈判地点意味深长：与 7 年前"二十一条"谈判在同一个会议室。《青岛回归》一书中展示了他们语带锋机的对话，摘录如下。

小幡：我很敬佩督办先生的用心良苦。

王正廷：这不至于影响我们彼此的心情吧？

小幡：那好，今天我们选择什么题目谈判呢？督办先生请我们来，总不会像7年前陆总长那样不厌其烦地请我们品尝碧螺春吧？

王正廷：题目并不复杂，只有6个字——先撤兵，后谈判。

小幡：不谈判怎么撤兵呢？

王正廷：撤兵问题是不需要谈判的，在《解决山东悬案条约》做出日军6个月内撤尽的规定之后，现在的问题只是排出撤兵的具体日程表。

小幡：督办先生未免太想当然了，你能拿出这个日程表来么？

王正廷：给我三天时间。但三天之后，公使先生也要把胶济路沿线的兵力布防情况和沿线兵营设备情况提交一份明细说明。

3月27日，胶济铁路日军撤退时间表，连同驻军布防、营房设备的明细说明书同时摆上议程。

小幡：我方驻胶济铁路的布防情况已经提交了明细说明，中国巡警接管胶济铁路的方案也应向我方公开一下。

王正廷：中国巡警接管胶济铁路的区间和时间与日方撤兵同步，以免出现布防真空。在小幡公使给我的3天规定时间里，内务部已经对胶济铁路接警问题作出安排，由北京警察保安队选派京师警察厅督察长景林担任胶济铁路警察处长，并从警察保安队抽调

590 名巡警随景林一起接管胶济铁路警务……

小幡：对于督办先生的决断和工作效率我十分钦佩，不过，撤兵的时间上限虽然没作规定，但实际上卡得太紧，能不能稍缓一步？

王正廷：稍缓一步可以，但正式谈判的时间必须随之下延，我已声明在先，先撤兵，后谈判，这条原则不能变。

3 月 28 日下午，双方签署《关于胶济铁路沿线之撤兵协定》。

从 4 月 10 日开始，中国巡警踏着日军撤兵的节拍，自西向东，分三个区段接防。济南—张店—博山，为第一区；湖田—黄旗堡，为第二区；峱山—女姑口，为第三区。

当时的《民国日报》作了追踪报道：

三十日济南电，预备配置于第三区之中国巡警二百八十名，于昨日午后六时五十分，乘列车由济南出发，至本日午后，已配置各车站，诸事完毕，胶州租借地外山东铁路沿线之中日警备接替，至是乃完全告毕。

这个意味深长的时辰——午后六时五十分——暗合了掌控胶济铁路达 8 年之久的日军的命运：日薄西山。

但狗急跳墙在所难免，为防止发生意外，中方在重要的中心区域也都布有士兵，一旦有紧急情况发生，这些士兵也可以立即被叫来增援。幸运的是，这些士兵一次都没有被召集过，因为整条铁路的移交过程完全按照计划进行，没有出现丝毫纰漏。火车的行驶也正常进行，乘客们能感觉出来的唯一不同就是山东军方严阵以待，中国士兵取代了日本士兵。

至 5 月 6 日，胶济铁路沿线日军撤退完毕，太阳旗不再飘摇。

二

鲁案谈判首战告捷，但更艰巨的任务还在后头。

6 月 7 日，北京政府发布命令：王正廷为鲁案中日联合委员会委员长。这个委员会下设两个部：第一部讨论关于青岛行政一切议案，也称行政委员会；第二部讨论胶济铁路等一切问题，也称铁路委员会。铁路委员会下设评价、财政、视察、接收四个分委员会。中方委员有：交通部次长劳之常、参事陆梦熊、技监颜德庆。

颜德庆是外交总长颜惠庆的胞弟，也是这次对日谈判王正廷最为倚重的人选。且看他此前的经历：美国理海大学铁道工程硕士，历任粤汉铁路、广三支路工程师，川汉铁路副总工程师、代理总工程师；1919 年任协约国共同监管中东及西伯利亚铁路技术部中国代表；1920 年任华盛顿会议中国代表团专门委员。此人的确堪当重任。

中日联合委员会日方委员长为小幡西吉，另有驻华大使馆参事出渊胜次、铁道技师大村卓一、青岛守备军民政长官秋山雅之介等分任一、二部日本委员。

6 月 30 日，中日胶济铁路谈判正式启动，核心问题是确定胶济铁路偿价总额及移交办法，双方矛盾的焦点是铁路赔偿价格。

⊕ 颜德庆

在第一次会议上，王正廷提出四条要求：

一、胶济铁路财产应分德国旧有及日本新增，要求日本委员详细列表，提交委员会研究。

二、轻便铁路及其附属财产应作为胶济铁路财产。

三、铁路服务日人履历。

四、铁路当局所订各项合同契约交委员会详细审核，至移交前不能订立重要合同契约，一切在建、未建工程设施都暂时停止。

依据《解决山东悬案条约》，中国政府应将德国所遗留铁路财产 5340 余万马克及日本在管理期内对于该路永久增修所费实数，减去相当折旧后，一并偿还日本。

因此，"永久增修"数额和"折旧"数额是双方关注的焦点，也是谈判交涉的重点。

一个多月后，日本提出铁路财产估价表，共计 28 189 212 日元。另外铁路附属事业即沿线学校、医院等，财产共计 798 993 日元。加上德国遗留财产 5340 万马克，换算为日元约 2540 万，日本所提出的胶济铁路偿价总额达 5400 万日元之巨。

王正廷不动声色，把偿价单交给铁路财产评价分委员会审议。

9 月，第二部委员会暂时休会，由铁路评价分委员会中方委员详细审核日本所提供的财产目录，与原单原账逐项细核，并赴胶济铁路沿线实地调查。

铁路评价分委员会中方领衔人，就是火眼金睛的颜德庆。

10 月 9 日，恰逢颜德庆 50 岁生日，王正廷赴宴时，特地赠给他一块匾，上书：折冲中流。

席间，王正廷问颜德庆："铁路偿价打压的空间还能有多少？"

颜德庆回答："至少 500 万！"

"500 万往下还能不能再杀它一票？"

"能！"颜德庆的回答掷地有声。

王正廷点点头，端起杯来和颜德庆碰了一下，一饮而尽……

11 月初，身心疲惫的颜德庆终于从济南熬到了青岛，这次沿线实地考察，他把日本所列资产明细摸了个底朝天。在济南东站车库里发现的情形让他大吃一惊：偿价明细册上开列的机车，竟然包括车库角落里的废弃车头；在青州站的一个修理车间，一名中国工人告诉他，日本技师连整套钣金工具都装进行李里，随时打包开溜，机床上的值钱零件被拆得七零八落……

鉴于日方百般抵赖，颜德庆建议王正廷组织外国专家来青岛会审。王正廷于是从北京赶到青岛，主持国际技术专家出席评价分委员会的会议。专家名单是颜德庆拟定的。在外国专家面前，日方不敢造次。

谈判桌上，狼烟四起，杀声连天。

11 月 18 日第十次会议，颜德庆报告中方调查结果：截至 9 月底计银 4 463 012 179 元、日元 4 845 568 408 元，以 1920—1922 年各年度兑换率分别将日金折合银元，共折合银 8 670 002 459 元，与日人所提实数相差过半。

11 月 22 日第十一次会议，日本提出将原来的总额减少 400 余万日元，为 23 107 049 日元。加上《解决山东悬案条约》中德国遗留财产偿价 5340 万马克，换算为日元约为 2540 万日元，偿价总额为 4850 万日元。中国还价为 2700 万日元，继而提高至 3000 万日元、3250 万日元。日本则又降至 4300 万日元。

作为对日铁路谈判的挑大梁人物，颜德庆的嗓子跟被他用手揪出一块红疙瘩。颜德庆是湖南人，外号"湘辣子"，不仅在谈判桌上令人惧悚三分，还特别嗜辣。但在分委员会吵过两场之后，颜德庆宣布"忌口"，开玩笑说在日本委员那里已经吃足辣头。

12 月 5 日第十五次会议，王正廷提议取折中数 3965 万日元，小幡提出据其政府最后训令，不得让步至 4000 万日元以下。

王正廷意犹未尽，还想穷追猛打一番，压着小幡再减。

小幡答复说，再减可以，但杀价以后要付现。

按王正廷的本意，付现最好，既可再杀小幡一票，又能省去日后的许多麻烦。但他的想法和北京内阁相左，内阁的意思是欠债不在乎多少，但拿不出现钱，结果让王正廷的一番打算落空。内阁不予支持，王正廷也就无法再争，胶济铁路谈判终于敲定，以4000万日元作为铁路赎价，年息6厘，10年还清。

这样，王正廷主办鲁案善后的最大障碍终于搬掉。

12月5日，双方在外交部召开第二十一次会议，签订《山东悬案铁路细目协定》，定于1923年1月1日正午日本将胶济铁路及其支线并一切附属财产交还中国，中国偿还日本政府铁路财产价4000万日元，以国库券照票面支付，年息6厘，并以胶济铁路财产及收入作保。

至此，历时半年的艰难交涉基本结束，一块巨石终于落地。

三

此后，胶济铁路进入接收环节。

其实，中方半年前就开始准备，与日方达成协议，分三期派员到胶济铁路实习，熟悉相关情况，以便届时尽快接收。

11月28日，在第十四次会议上，中日双方成立了"铁路移交分委员会"。中方指派了以颜德庆为主任的10名准备移交委员。

12 月 5 日，北京政府交通部制定了《胶济铁路理事会章程》，正式委派王正廷、劳之常、颜德庆、陆梦熊、赵德三五人为理事，组成理事会。并经理事会推荐，交通部委任赵德三为胶济铁路管理局局长，朱庭祺为副局长，令其赴青岛组织专门机构，筹备接收事宜。

对赵德三来说，当时最大的困难就是缺钱。1922 年 12 月 31 日《晨报》的副标题就是："财政极困难　赵德三向津浦路借款"。

文章如下：

交通次长代理部务劳之常与参事陆梦熊等已于二十六日晚到济，将即转赴青岛，并闻胶济铁路局长赵德三以该路接收伊始需款孔急，日前在京百方张罗，始由京绥路勉强凑借五千元，定于阴历年前偿还。但以用费浩繁，此数不敷支配，日前过津时，又因向津浦路局告贷，虽经局长吴毓麟允借一万元，但一时不易措办。赵乃拍一急电，向津浦路催借，略谓：胶路接收伊始，用费浩繁，前蒙允借一万元，具见热忱。务祈饬属即日汇下，以济眉急，将来安排就绪，阳历一月内准可奉还云云。闻吴局长以阳历年关款项支绌，已暂由中国银行汇拨五千元，以资接济，余款项须俟稍裕，再行汇拨云。

区区万元，竟然难倒一位大局长，现在看来似乎有些不可思议。我们不妨来算一笔账：1921 年，胶济铁路全年利润 2 500 059 元，平均每天利润约 6849 元。1 万元，就是当时全线一天半的利润。

以工资来比较，或许更直观一些。日管时期，胶济铁路养路工人月薪仅 11 元，扳道员日薪 9 元至 14 元，杂工月薪 5.4 元至 12 元，机车司机月薪不过 20 至 30 元左右。取机车司机月薪中间数 25 元计算，1 万元，相当于一个司机 33 年的工资。

12 月 29 日，赵德三、朱庭祺正式在青岛成立"胶济铁路股份有限公司筹备处"，着手接收的各项准备工作。为筹集接管后的铁路职员，他们除从德国管理胶济铁路时期遗留下来的人员中招考车务员、司机及机械工外，还从京奉、京汉各路借调了部分路务人员，并决定从胶济铁路现有的三千名日本职员中选留数百人。

为保证接收顺利进行，双方商定了接收过渡办法，定于 1923 年 1 月 1 日该路接收后，中方接替人员即赴各站实习一个月，待一个月后，需要撤换的日方职员全部撤走，所有事务交中方实习人员接管。

1923 年 1 月 1 日正午，胶济铁路移交仪式在青岛日本铁道本部会议室隆重举行。

出席仪式的日方代表有：代理移交委员长大村卓一、铁道部部长入泽重磨、青岛总领事森安八郎、外务事务官岸田英次、书记官吉田宪一及铁道部各课长 18 人。

王正廷因代理国务总理未能出席，故派代表秘镜，接收委员长颜德庆，交通部次长劳之常，胶济铁路管理局局长赵德三、副局长朱庭祺等 22 人出席了接收仪式。

① 胶济铁路接收纪念章。

接收仪式当日，中日双方人员在楼前合影，历史瞬间长留史册。

此后，经由中方接收委员及路局员司会同日方各主管人员，将胶济铁路全路各课、各系、各场、各所、各站所有沿线财产、宿舍、家具及一切文书、单契、账册、图表等，逐一点收。

至 1 月 31 日，胶济全路管理权及行车权已由中方路局完全接办。胶济铁路事务从 1923 年 2 月 1 日起归中方管理。

3 月 29 日，颜德庆与日本山东铁道引继委员长秋山雅之介在青岛签订《胶济铁路交收之协定》，规定坊子医院，高密、青州、张店、坊子、博山小学校所属财产于 1923 年 3 月底前移交铁路管理局接收。但日本仍保留部分铁路土地出租契约及租借宿舍契约。

忆往昔，华夏声咽悲歌当泣；

看今朝，游子回归喜上眉梢。

⊕ 1923 年 1 月 1 日正午，中日双方举行胶济铁路接收仪式。

第三章

暗潮涌动起变局

胶济铁路回归之时,正是中国共产党初创时期,致力于工人运动的党组织,把产业工人聚集的胶济铁路作为理想之地,一批批地下党秘密前来,在沿线燃起星星之火,把工人运动推向高潮。胶济铁路总工会挂牌成立,开启前所未有之变局。而胶济铁路历任局长更迭,则是一个新变局,波诡云谲,从一个侧面折射了民国政坛的风云变幻。七七事变,又是一个大变局,山河破碎,身世飘零,流亡者收拾起山河大地一担装,诉不尽国破家亡带怨长……

红色火种燎四方

在青岛市原四方区（今市北区）海岸路 18 号，坐落着几幢德式风格的老建筑，红色清水砖墙，蘑菇石墙基，古朴典雅。院内有一座粗砺的青铜雕塑，上面是迎风招展的党旗，下面是冒着浓烟的蒸汽机车。

这里如今是中共青岛党史纪念馆所在地，是当年青岛早期党组织传播马列主义、播撒革命火种、领导工人运动的重要阵地。

一

1923 年 1 月 1 日，北洋政府从日本手中正式接收被日本占领 8 年多的胶济铁路。此后，一个名叫"圣诞会"的民间组织也踏着鼓点，在青岛四方机厂正式成立了。

四方机厂是德国修建胶济铁路的配套工程，主要从事蒸汽机车、铁路客货车辆的修理和组装，初名"胶济铁路四方工厂"。1914 年，

⤴ 中共青岛党史纪念馆。

日本占领胶济铁路后，改名"山东铁道青岛工场"。1923 年，中国政府收回后，改为"胶济铁路管理局四方工厂"。同年 4 月，改称"四方机器厂"，于是有了"四方机厂"这个简称。

这个"圣诞会"与西方的"圣诞节"没有丝毫关系，更没有任何官方背景。它的成员，全是一群匠人，不是铁匠，就是木匠，或是油漆匠。

"圣诞会"的发起人叫郭恒祥。

郭恒祥，又名郭月庭，山东章丘人，幼年时父母病逝，跟兄嫂长大成人。1911 年春，郭恒祥与二哥郭恒贞去关外，到日本人侵占的"辽阳南满铁工厂"当学徒工。1913 年，来到四方工厂做工。

郭恒祥有很强的组织能力。胶济铁路收回后，以他为首的铁工首先组织了"老君会"。因为铁匠炉和太上老君的炼丹炉相通，所以太上老君也就成为铁匠的祖师爷。民间的一些行会，往往拉一尊大神来护佑，这也是惯例。不久，郭恒祥又提议将"老君会"与木工组织的"鲁班会"、油工组织的"葛仙翁会"合并，成立"圣诞会"，相当于现在的技工协会。

人多力量大。郭恒祥的提议得到大家的一致响应。大家选举郭恒祥为会长，张吉祥为副会长，郭学濂、耿化山为评议长，还制定了《"圣诞会"会章》，规定会员每年捐献一日薪水作为活动经费，每年农历二月十五为"圣诞日"。按照中国民间说法，这天是太上老君的生日。

↑ 郭恒祥

　　他们报请胶澳商埠警察厅及胶济铁路管理局备案，成为一个可以公开活动的工人行会团体。

　　这年3月31日是"圣诞会"成立后的第一个"圣诞日"。他们请来了戏班，唱戏庆贺。郭恒祥当众宣布"圣诞会"正式成立。会员每人佩戴一枚"圣诞会"银质徽章。

　　此后，"圣诞会"逐渐成为工人的依靠，大家遇到困难，如受到工头欺负、家务纠纷等，都找"圣诞会"调解处理，其影响逐渐扩大。令他们没想到的是，"圣诞会"竟然引起一个年轻政党的关注，这就是刚刚诞生才两年的中国共产党。

　　这年，由中国共产党领导的京汉铁路"二七大罢工"惨遭镇压，中国工人运动陷入低潮，党组织决定伺机开辟新的战场。刚刚成立的"圣诞会"，自然引起了党组织的关注。

⊕ 王荷波

二

1923 年 4 月，一位身材高挑、面容清瘦的中年人秘密来到四方机厂，他的名字叫满玉纲。不过，那是化名，他的真名叫王荷波。

王荷波，原名王灼华，福建福州人。其父是衙门的小书办，相当于现在的文秘。继王荷波之后，家里又添了四个弟弟。因家境贫困，王荷波只读过两年私塾。1901 年，母亲病故，19 岁的王荷波去江苏江阴投靠姨父，在海军当水手。一年后，由于姨父去职，王荷波又开始漂泊，先后在大连青泥洼学机械，到旅顺枪炮局当机匠。1916 年夏，王荷波到津浦铁路浦镇机厂当钳工，直至 35 岁才娶妻成家。

1921 年 3 月，王荷波等人筹划成立了浦镇机厂工会，王荷波任会长。1922 年 6 月，经罗章龙、王振翼介绍，王荷波加入中国共产党，成为津浦铁路第一个工人党员。1923 年 1 月底，王荷波代表

⊕ 四方机厂全景。

津浦路铁路总工会筹备组，到郑州出席京汉铁路总工会成立大会。"二七大罢工"失败后，他被厂方开除，同时遭当局通缉，被迫转入地下。

王荷波这次秘密来青岛，是以"五路联合会"（京汉、粤汉、津浦、正太、道清五条铁路工人的联合组织）的名义，与"圣诞会"骨干郭恒祥等人秘密接洽，并对这个民间行会进行改造。

王荷波对他们说："'圣诞会'扎神棚、供神像是迷信思想，但是不管通过什么形式，只要把工人组织起来就好；不要光花工人的钱，要为工人多办些事情。"他还说："你们组织的'圣诞会'，有铁匠、木匠、油匠等，行不同可心同，好比三兄四弟应抱成一团，拧成一股绳，这就叫团结。你们制定会章、戴徽章、唱戏都可以，这能壮大工人的声势。可是一千条一万条，别忘了为工人兄弟办事情是头条。"

郭恒祥等人听了心悦诚服,请王荷波介绍参加了"五路联合会"。

此后,在王荷波的指导下,"圣诞会"办起了工人俱乐部,制定了《四方机厂工人俱乐部简章》,建起了工人图书室,组织工人自己演戏,还准备筹办工人夜校。

1923年6月,王荷波出席了在广州召开的中国共产党第三次全国代表大会,与陈独秀、李大钊、毛泽东等共9人一起被选为中央执行委员会委员,后又被补选为中央局委员,是唯一工人出身,更确切地说,是唯一铁路工人出身的中央局委员。

这次大会还有一个重要议程,确定了全体共产党员以个人名义加入国民党、与国民党建立革命统一战线的方针。

1927年蒋介石发动四一二反革命政变后,王荷波到汉口出席中共五大,被选为中央监察委员,并担任中央监察委员会首任主席。但不幸的是,同年11月11日,王荷波在北京牺牲。

⊕ 邓恩铭

三

王荷波离开青岛之后，邓恩铭到青岛继续开展工作。

邓恩铭是贵州荔波人，水族，1917 年到济南投奔过继给黄家的二叔黄泽沛，并由黄泽沛资助，1918 年入山东省立第一中学读书。1921 年，与山东省立第一师范学生领袖王尽美参加中共一大。那年，他才 20 岁，是中共一大最年轻的代表。

1923 年 9 月下旬，邓恩铭来到青岛，暂时栖身胶澳公立职业学校校长王静一处。

王静一是山东诸城人，原在济南教书，是邓恩铭的老师，师生之谊甚笃。中国政府收回青岛后，王静一来到青岛，任胶澳公立职业学校校长。

在邓恩铭看来，青岛是工商之地，活动只有从工人方面入手。

因为商人斗争性不强；学生规模不够，且为旧势力把持，不易入手。当时四方机厂工人因反对厂长将有动作，可惜自己人生地不熟，无法打进去，深感遗憾。

这时，他想到了一条迂回之道，准备向机务处谋职。机务处隶属胶济铁路管理局，四方机厂归机务处管理，若谋职成功，以后可以顺理成章地向四方机厂渗透。

对邓恩铭来说，还有一层可资利用的关系，这就是机务处处长孙继丁。孙继丁是山东蓬莱人，毕业于美国印第安纳州普渡大学，1920 年 8 月任山东省立第一中学校长，1921 年被清华大学聘为物理学教授。1922 年他参与接收胶济铁路，并在接收后任机务处处长。孙继丁在山东省立第一中学任校长期间，邓恩铭正在此求学。

尽管邓恩铭与孙继丁当时同在一所中学，但因"感情欠佳"，邓恩铭的愿望没有实现。现在想来，如果这一愿望实现，那么铁路党史将会留下浓墨重彩的一笔。

后来，邓恩铭在《胶澳日报》做了副刊编辑。前面提到的邓恩铭的恩师王静一，兼《胶澳日报》社社长。看来，师生之谊远胜于校长与学生的关系。毕竟，中间隔着几层，远水不解近渴。

当时青岛的生活成本较高，邓恩铭的生活捉襟见肘，但他的热情却丝毫未减，很快就把工作开展到了四方机厂。

当时，四方机厂除"圣诞会"外，还有一个民间组织——"艺徒养成所同学会"。

　　四方机厂早期共产党员于维功对此非常明了，据他回忆：

　　我是 1922 年考入四方机厂艺徒养成所的。约在 1923 年底，"圣诞会"成立以后，共产党的活动在四方机厂开始了。我们艺徒养成所的毕业和未毕业的同学，曾因厂方无故开除艺徒李某某，而进行罢工斗争。艺徒李某某是与厂方工贼发生冲突而被开除的，同学们认为厂方开除李某某是缺理的，如果这样下去，我们艺徒的工作、饭碗是无保障的。为了保障我们的饭碗，就推派代表赵世恪、牟宏纶和我十几个人去厂长室交涉恢复艺徒李某某的工作。交涉未成，我们研究进行罢工示威。斗争的结果是我们胜利了，厂方被迫恢复了艺徒李某某的工作。在这个过程中，我们正式成立了"四方机厂艺徒养成所同学会"，并且挂出了牌子。这时在新老工人中形成了两个组织：老工人参加的"圣诞会"，新工人参加的"同学会"。

　　自然，这种格局不利于壮大工人力量。1923 年冬，邓恩铭担任"圣诞会"秘书，"圣诞会"新订章程，以"互结、互助、互爱、互学"为宗旨，取消对青年工人入会的限制，两会合并，会员增到 500 余人，在海港码头和胶济铁路沿线车站成立"圣诞分会"。

　　关于邓恩铭与郭恒祥的接触与交流，莒县籍作家铁流和《人民日报》山东分社社长徐锦庚合著的长篇报告文学《国家记忆——一本〈共产党宣言〉的中国传奇》作了这样的描述：

邓恩铭与郭恒祥见面后，就与他讲《共产党宣言》里的道理。郭恒祥有些不屑，说："外国人还能管了中国的事儿？念书是你们先生的事儿，在我这里用不着！同资本家斗争，靠这些纸片片可不行。"

郭恒祥说完这些，扭头就走。

邓恩铭第一次碰了个钉子，第二次又来。这次，他脱了长衫，穿上了工友的服装，甩开膀子和工友们一样扛大包，吃着同样难以下咽的饭菜。

有一次郭恒祥偶然到邓恩铭的住处，见他正在破被子上逮虱子，不禁大感意外，连声问："你就住在这样的地方？"

邓恩铭笑了笑："你们北方人都说虱子多了就感觉不到痒了，可我不行，晚上还是被咬得睡不着觉。"

郭恒祥大笑起来，笑毕说："你可真是我们的自家人！"

邓恩铭趁势与郭恒祥谈起工人只有团结起来才有力量，才能把资产阶级推翻，才能过上当家作主的好日子，共产党人一切努力都是为了广大群众的利益等道理。

郭恒祥越听越有味道，不由对他刮目相看。

邓恩铭说："这些道理都是《共产党宣言》里讲的，是那个大胡子外国人告诉我们的。"

一颗红色的火种，就这样开始在四方机厂燃起……

四

就在"圣诞会"不断发展之际,全国铁路总工会悄然成立了。

1924年2月7日—10日,全国铁路工人第一次代表大会在北京秘密召开,大会决定在北京成立中华全国铁路总工会,通过了《全国铁路总工会成立宣言》。

郭恒祥代表胶济铁路工人出席了这次大会,并被选为"铁总"执行委员会副委员长。回青岛后,郭恒祥对工运工作更加积极主动,还到其他单位开展工运活动。

1924年3月19日(农历二月十五日),"圣诞会"迎来了成立后的第二个"圣诞日",郭恒祥照例准备演戏庆贺一番,并报胶济铁路管理局和胶澳商埠警察厅备案,但这次胶济铁路管理局迟迟不予表态。

其实,胶济铁路管理局早就对"圣诞会"不满了。

1923年8月23日,"圣诞会"发动全厂1200多人举行罢工,包围了胶济铁路管理局大楼,抗议厂方串通工贼栽赃陷害并开除8名工人,迫使胶济铁路管理局同意8名工人复工。

1924年1月28日,"圣诞会"发动工人举行罢工,抗议路局和厂方借故迟迟不发年终双饷和红利。胶济铁路各站段也相继而起,迫使路局和厂方宣布双饷和红利照发。

1924年1月,四方机厂颁布规定:"聚众要挟,有煽动罢工之行为者，扰乱公共秩序者，均列为被开除之列。"结果，当工人自高密装运戏箱来青岛时，遭到军警阻禁，幸未酿成冲突。

3 月 21 日，路局突然增派 30 多名路警进驻厂里，并派机务处办事员李继葆宣布，将郭恒祥、郭学濂、张吉祥、耿化山四人一并开除。

郭恒祥等人一面命工友不可妄动，一面前去向青岛早期党组织的负责人邓恩铭和来青岛指导工作的王尽美汇报。他们经过研究认为，"圣诞会"为"青岛最得力之工会，实有举足轻重之势"，为顾全大局，不能因小失大，"该四人无论能否回去，决不激烈抵抗，俟实力充足再说"。郭恒祥等人深明大义，均表示暂且忍耐，将活动转入地下。

当时王尽美、邓恩铭替郭恒祥等人作一呈文，用全体职工名义签名送交路局，要求准予这四人复工，然而最终没有获准。

四方机厂全体工人向胶澳商埠督办公署提交了诉辩书："若非情出无奈，何敢另行诉辩，为此共恳督办怜悯无辜，垂恩拯救。"

4 月 7 日，商埠督办公署给胶济当局发去了第 128 号公函："四方机厂系贵局管辖范围，本署未便过问，但群工环求，亦不忍过拂舆情，故予据情函达贵局，烦为查照。"

五

郭恒祥等四人被开除后，利用"圣诞会"的经费在四方开办了一个"会仙居"饭馆，作为党的秘密联络点。

在四方机厂，邓恩铭的工作卓有成效。1924 年，他先后发展了傅书堂、纪子瑞和郭恒祥等人入党。

傅书堂，四方机厂工运骨干，高密城市支部创办者，先后担任中共高密县委第一任书记，后任省委常委、代理省委书记，中华人民共和国成立后任山东省机械厅处长等职。

纪子瑞，四方机厂工运骨干，胶济铁路总工会执行委员，枣庄中兴煤矿第一个党支部创办者。1931 年他与邓恩铭一起在济南英勇就义。

1924 年 9 月，江浙战争爆发，全国形势紧张。9 月 8 日，胶济铁路管理局以"值此战云弥漫之际，难免无过激派乘机煽惑鼓动风潮"为由，下令将"圣诞会"取消。这让邓恩铭颇为焦虑。

同年 10 月的一天晚上，在四方"三育小学"内，邓恩铭以新闻记者身份，召集 30 多名工运积极分子开会。会上，邓恩铭分析了当前形势，总结了"圣诞会"的经验教训，最后提出秘密组织赤色工会的建议。经大家讨论，接受"圣诞会"组织不严的教训，确定参加工会要有两个介绍人，并签名盖章。

会后数月内，秘密签名盖章加入赤色工会的达 800 余人，占全厂工人总数的 60% 以上。胶济铁路赤色工会就此打下了坚实的基础。

1925 年 2 月，邓恩铭领导四方机厂工人参与了胶济铁路大罢工，并取得胜利。3 月，胶济铁路总工会成立，下设青岛、高密、坊子、张店、济南、四方机厂6个分会。

四方机厂罢工胜利，对青岛工运影响很大。青岛大康、内外棉、隆兴、钟渊、富士、宝来等日本纱厂以及水道局、电话局、啤酒厂、祥太木厂、铃木丝厂等相继成立了工会。1925年，青岛党组织领导发动了青岛日商纱厂三次同盟大罢工，胶济铁路总工会参与其中。

中共早期工运领袖邓中夏在1930年写的《中国职工运动简史》中这样评价："'二七'失败，已隔一年，此时有一新生势力，为'二七'时所没有，就是异军突起的胶济铁路工会。该会在中国工人阶级大受打击之后，居然能起来组织工会，会员发展到1500余人，不能不算是难能可贵。"

星星之火，可以燎原。如今，这段历史被呈现于中共青岛党史纪念馆。

高管权斗酿工潮

在山东历史上，胶济铁路大罢工是一个极其重要的事件。这次大罢工的目的是为了"驱逐胶济高管"。

一

1924 年 12 月 31 日，胶济铁路管理局一位新局长的上任，掀起一场轩然大波，搅得社会各界一片沸腾。他的名字叫阚铎。1925年，对胶济铁路管理局来说，注定是非常不平静的一年。

阚铎有一位响当当的合肥同乡——段祺瑞。他的上任就是得到了临时执政段祺瑞的首肯。当然，首先是得到交通部总长叶恭绰的举荐。

阚铎和叶恭绰有一个共同的派别：交通系。交通系是北洋军阀统治时期，包括以梁士诒为首的"旧交通系"和以曹汝霖为首的"新交通系"等的总称，既是一个金融财团，又是一个政治派系。旧交通系以广东人梁士诒、叶恭绰为代表，留学英美者居多。新交通系以曹汝霖等人为代表，多起家自外交系统，留学日本者居多。

接收胶济铁路的要员，如交通部次长劳之常、交通部参事陆梦熊、交通部技监颜德庆等，大多来自交通系。

胶济铁路接收后，自 1923 年首任局长赵德三之后，至 1925 年阚铎接任之前，中间的几位局长——刘堃、邵恒浚、朱庭祺——都是交通系的人。他们任职时间都不长：刘堃因工人罢工上告而丢职；邵恒浚因靠山直系军阀吴佩孚倒台而下台；主持工作的副局长朱庭祺本想升任局长，可交通部又任命了阚铎，愿望落空。

对于这个任命，阚铎喜忧参半：喜的是，能够主政一方；忧的是，未免踏入"雷区"，前三任都没站稳，自己能站稳吗？他请示段祺瑞、叶恭绰。两人不以为然，让阚不必理会，赴任即可。

尽管如此，阚铎还是有些不踏实。赴任之前，他带着六名清一色的安徽随从，到济南拜会老乡。这些老乡不一般，乃山东军务督办郑士琦、省长龚积柄。郑士琦是安徽肥东人，龚积柄是安徽合肥人。对于阚铎的求助，两人自然表示支持。阚铎有了些许底气。

1925 年 1 月 5 日，阚铎抵达胶济铁路管理局正式就职。

对于他的到来，"山东派"很不爽。因为自胶济铁路接收后，基本上都是交通系，即"南方派"把持。

本来，鲁案善后督办王正廷在完成青岛及胶济铁路接收任务后，是准备担任青岛市市长的，却被山东人所排斥，用媒体的话："被鲁人所逐。"只因王正廷是浙江人。这时胶济铁路管理局逐渐有山东人任高管。政局变化后,"南方派"又乘机而起,副局长朱庭祺就是其中的骨干。新任局长阚铎又为旧交通系,都是一个战壕的,遂与朱庭祺联手,撤换"北方派"高级职员。

为何交通部对"北方派"有此成见?原来,阚铎离京赴任之前,交通部交给阚铎一宗案卷,令阚铎到任后查办。阚铎看了看,只见有数百件公函,内容都是些攻讦密报。被攻讦者全为山东人,密报者全为江浙人。阚铎看后,即赴交通部请示。叶恭绰当面告诉阚铎,该路的山东人,既无学识,又无路才,接任后,须认真办理,尽力淘汰。

从后来的情况看,阚铎的做法有些操之过急,把"认真办理,尽力淘汰",变成了"从速办理,全部淘汰",以至于引发胶济铁路管理局"大地震",到头来反把自己给"震"倒。这是后话。

考虑到阚铎初掌胶济,人事两生,叶恭绰让阚铎与"久在该路、阅历很深"的朱庭祺商量,尽量将事情处理得圆满。

阚铎赴任后,自然对朱庭祺言听计从。又有许多部员向他讲述山东人的种种不是,于是阚铎决定先拿山东籍高级职员"开刀":总务处处长顾承曾、机务处处长孙继丁、工务处处长周迪评,均调部另候任用。机务处长调四方机厂厂长杨毅升任;总务处处长以苏某接任;陈天骥(浙人)以助朱庭祺驱前局长邵恒浚之功,由计核课课长一跃而为会计处处长;陈承枕(闽人)由车务分段长一跃成为总段长；蒋之鼎（浙人）因赴京代朱庭祺运动，由二等站站长升为分段长；周颂年（苏人）以运输课课员升文牍课课长；段锦成（浙人）以高密站站长升张店站站长；王正元（皖人）以运输课办事员升高密站站长。

与此同时，阚铎派特派员视察各站，用以考察更换人手，沿路各员莫不人人自危。

二

但阚铎也并不是赶尽杀绝。车务总段长马廷燮与阚铎是老同学，又曾与阚铎是同事，就没有被调任。

马廷燮，山东临沂人，先后就读于直隶保定府师范学堂、日本岩仓铁道学校、日本簿计专修学校，曾任鲁案善后交通委员会专门委员、京奉铁路管理局总务处编查课副课长、督办鲁案善后事宜公署专门佐理员、交通部路政司营业课科长、本路车务总段长、车务处副处长、总务处副处长等职，经历颇为丰富。

阚铎此举，看似对马廷燮好，实则让马廷燮很难做人。因为地方实力派会孤立他，把他归于"南方派"；而在"南方派"中，唯有他是"一匹来自北方的狼"，同样可能被孤立。于是，马廷燮以"山东人既均被淘汰，己亦难于立足"为由提出辞职。

马廷燮此举，又把阚铎逼到了死角：撤的有意见，留的不领情，两面不讨好，阚铎算是把自己给"绕"进去了。

马廷燮自己倒是撇清了干系，却引爆了社会舆论，成了阚铎不得人心的最好例证。

山东省议会议长宋传典、济南商会会长张肇铨、商埠商会会长于耀西、农会会长戴跃东、银行公会会长马官和、商业研究会会长张采丞、商会公所会长朱蕴韬联名致信阚铎，直指阚局长"私心自用"，恳请迅速收回成命，以息众怒，维持路政。

马廷燮辞职，车务处全体职员难免唇亡齿寒，遂致电阚铎，恳请"局长毅力主持，否则职等惟有徇良心之主张，作最后之从同"。潜台词是：全体辞职。无疑，这是给阚铎提出抗议。

阚铎准备提拔的人员，也让大家找出了毛病。车务第四分段长董希成被免职后，阚铎提拔自己的安徽老乡济南站站长陈桂林接任。车务第四分段全体员工遂给阚铎写去了揭发信，说陈桂林在济南站站长任内，盗卖公煤，有据可查，这样的人怎么能有资格当段长呢？

阚铎只好取消陈桂林的委任，并派警监视，听候查办，改派张店车务第三分段长马庆锡兼第四分段长。济南站副站长张绍美，暂代济南站站长。

阚铎用人草率，难免授人口实。不仅济南《大民主报》、北京《晨报》对他口诛笔伐，就连日本人办的《大青岛报》也指名道姓："阚铎任免员司之不公——办事勤能者皆撤换，贿舞弊者皆提升。"

眼看风潮日渐扩大，阚铎担心酿出意外，对自己不利，考虑再三，遂向全体职员发出通电，说此次人员调整，是奉交通部的电令，以择人择事为前提，并非故意变动。他承诺，沿线职员决不妄加更动；并答应，年终除将给一月工资外，另给一又四分之一月奖金；同时告知，已派员对马廷燮诚恳慰留。阚铎在电文中警告，近期发现有人散布传单，意图挑动罢工，已被铁路警察拿获看管严讯。倘有人擅自行动，定按律惩办，以儆效尤。

阚铎一手拿着"胡萝卜"，一手拿着"大棒"，软硬兼施，恩威并重。山东省议会副议长陈韵轩从济南来青岛，找阚铎作最后交涉，阚态度依然强硬。

三

被免职的高级职员们，失去了职位，却赢得了同情。

机务处原处长孙继丁从青岛赴济南时，沿途各站员工都前往车站送别。他到济南时，员工们本来准备在站点燃鞭炮欢迎，但因为地方戒严，未能举行。

孙继丁的胶济之行，无异于一场罢工总动员。此前沿线就有罢工苗头。阚铎、朱庭祺派路警前往弹压，并拟将与马廷燮、孙继丁有关的青岛、坊子、博山、淄川、张店、济南等大站重要职员一律更换，以免罢工风潮发生。

在此期间，三名路工散发传单被拘押，工人请求释放未果。车务第三分段长马庆锡请马廷燮设法保出，马廷燮说自己已经辞职无法可想。阚铎则坚持追出幕后主使方可释放，而工人坚持不放人就罢工,马庆锡于是再请马廷燮出面协调。马廷燮担心罢工后影响路政,就约同警务处龙科长,一起去管理局见阚局长,报告危急情形,请求即日释放。阚铎听后十分恐慌,于是允许交保释放。

时人看来,阚铎引火烧身,是副局长朱庭祺挖的一个"坑"。

《胶济铁路同人宣告各界父老书》中说,朱庭祺自上任局长邵恒浚离职后,本想自己接任,不料阚铎来了,遂密派陈天骥赴京活动,没有成功,万不得已,于是乘阚铎莅任之初,挑唆阚铎大裁山东籍职员,意欲激怒山东人,使阚氏立足不稳,自己坐享其成,"手段之辣,于此可见"。

这份传单把矛头指向了朱庭祺。当阚铎意识到自己被朱庭祺当枪使之后,也把责任往朱庭祺身上推。在回答青岛商埠某要人的质询时,他说:"这次人员调整,纯粹是朱庭祺迫使我这样做的。"对方笑了:"任免职员,局长自有权力,朱庭祺怎么可能越俎代庖?"阚铎回答很简单:"局长一职,本来是朱庭祺的,半途让给了我。所以他的要求,我也有不得不容纳的苦衷。"

据媒体观察,朱庭祺靠山已倒,阚铎后援强硬,遂后来居上。朱庭祺很识时务,于是决定与阚铎合作,这也是不得已而为之。

不论他俩关系如何,地方派已经把他俩当成了共同的"敌人"。

四

为倒阚、朱,山东省议会议长宋传典赴京调查他们的劣迹。朱庭祺听说后，秘密拜访宋传典，极力撇清自己干系，说这事儿与己无关，纯粹是阚铎所为。此事被阚铎获悉，方知被朱庭祺出卖，也开始找说话有分量的人出面调停，同时发出通电，安抚全局职员。

地方派不为所动，多管齐下：

一、各团体分电京津沪同乡，请电交通部，撤换阚、朱。

二、由被裁撤路员，公推代表，赴京控告阚、朱。

三、由各团体公推代表，赴青联合青岛各团体，强迫阚、朱及其党羽离青。

眼见触犯众怒，考虑到自身安全，阚、朱除个人严加戒备外，请求胶澳商埠警察厅厅长予以保护。厅长似乎也站在了"山东派"行列，以市民公愤无法阻止为由，说恐怕担负不起保护的职责。闻听此言，二人更加惊慌，密赴济南，分头向各界疏通。

但，大火烧起来容易，扑灭可就难了。

2月6日，青岛总商会致电段祺瑞、叶恭绰，转达了山东省商会联合会与济南总商会、商埠商会的决议：请求当局撤换阚、朱，否则，将于本月八号全路停运，以资后援。青岛总商会表示，他们将与济南沿路各商会一致行动，实行罢运。

在这封电报中，青岛总商会语带机锋：如罢运实现，势必罢工相继而起，酿成不可收拾之局。又道出了真实意图：请先予就近暂行派员代理局长职务，以便息事宁人。

交通部自然心知肚明，没有立即答应，而是派参事陆梦熊、路政司司长刘景山于第二天从北京启程，赴山东调查阚、朱事宜。

因二人8日早抵达济南，阚铎也于7日晚从青岛启程赴济，一方面是为了欢迎二人，提前解释，免得各界杂音先行介入，另一方面寻求外援，晋谒山东军务督办郑士琦，商量应对商界罢运事宜。

当时社会各界罢运方案已定。济南各团体发出罢运倡议后，担心沿线商会阳奉阴违，派人秘密探访，发现不积极响应者，一致声讨。沿线工人接到罢运电报及传单后，也决定从2月8日起全体罢工。为避免局面失控，授人口实，各团体公推代表研究合法手续，告诫路工遵守，以免越出范围。

为了驱逐阚、朱，铁路员工按照薪水多少集资作为经费。甲等每人10元，乙等每人8元，丙等每人5元，丁等每人5毛。甲乙丙三等是职员，丁等是夫役。这一举措得到山东人的赞同。

阚、朱二人深恐各界做出不利于己的举动，一方面请胶澳商埠督办温树德、青岛司令王翰章、胶济警务处处长景林等妥为保护，一方面分别致电交通部及山东省军政当局，请求取缔罢工罢运，并对江浙系路员加以保护，更派心腹徐某进京活动。

但无济于事。

五

陆梦熊、刘景山的到来，让组织者意识到：行动的时候到了！

2月8日11时,胶济铁路全线罢工,无疑为阚、朱烧了一道"催命符"。阚铎见势不妙,就在罢工这天晚上,匆匆逃离青岛。随后他发出通电,辩称奉电赴京,并告诉公众,所有职务由朱庭祺代理。朱庭祺无疑接了一个"烫手的山芋"。

罢工情况很快报到山东军务督办郑士琦、省长龚积柄的案头。

2月8日,高密知事李作霖报告:从青岛开来的1次列车,夜里12点至高密西站时,工人掀去一段铁轨,列车停开;因担心五百余名乘客发生意外,已派军警保护;据悉沿线电线多被截毁。

2月9日,朱庭祺报告:当晚少数车务职工罢运,1次列车开至岈山—丈岭间,即行停车;2次列车驶至黄台站,折回济南;当日3、4、5、6次列车,均未开行;现已派车务、工务、机务、警务、总务人员,迅速开行专车,前往处理。

需要说明的是,当时青岛开往济南为下行,车次为单数,济南开往青岛为上行,车次为双数,与现在正好相反,皆因胶济铁路管理局总部在青岛。

罢工风潮发生后,郑士琦当即电告中央,请示办法。

9日下午5时,龚积柄通知各团体各派代表二人赴省署开会。与会者有省议会等各团体代表十余人。

郑士琦派济南镇守使施从滨代表与会。施从滨有个大名鼎鼎的女儿施剑翘。施从滨一年后被孙传芳杀害,施剑翘为父报仇,1935年将孙传芳枪杀于天津佛堂。此案轰动全国。此为题外话。

据 1925 年 2 月 13 日《民国日报》报道，会议拟派济南新城兵工厂厂长李钟岳暂行代理局长，先使全路恢复正常运营。至于将来局长人选，听候中央命令。

2 月 10 日，李钟岳在施从滨及各团体代表的陪同下，于当日晚抵达青岛，11 日上午正式就职。朱庭祺在各团体代表、省议会副议长陈鸾书及施从滨监督下与之交接。

随后，李钟岳召集全局员司开会，先给他们吃了个"定心丸"：全局员司均不更换，并一一安慰。

各团体代表提出五个条件：

一、阚、朱同时去职；

二、所有阚、朱任内任免各员司概作无效；

三、助长阚、朱倒行逆施人员如陈承杖、鲍锡藩、陈天骥，概行免职；

四、以后有员司缺出，为人地相宜起见，尽先任用山东人；

五、取消副局长等。

对此，李钟岳均答应履行，事后却没有全部兑现。之所以当时满口答应，也是为了尽快结束罢工，先行恢复交通。

对于李钟岳先行恢复交通的决定，罢工组织者认为，阚铎已去，罢工目的已达到，遂表示服从命令。

当夜 11 时，济南站开行 2 次列车。12 日早上 8 时，青岛站开行 1 次列车。胶济铁路恢复正常。

六

就在李钟岳 11 日上午在青岛就职的同时，交通部派到山东查办路潮的刘景山、陆梦熊二人也于 11 日中午到达济南，前往军、民两署。济南各团体派代表张文英等数人前往拜见，报告阁、朱等人的劣迹，请求刘、陆二人主持公道，千万不要触犯众怒。并请电告叶恭绰顺应民意。此举意在向交通部施压。

而在北京，另一场活动同时进行。旅京山东同乡主张以赵蓝田（山东胶县人）继任局长，但交通部坚决不同意，委派李钟岳代理局长，免去朱庭祺副局长职务，由交通部营业科科长胡洪猷继任。

胡洪猷是江苏无锡人，在交通部供职多年，接到任命后，决定 14 日启程赴济南，再转乘火车赴青岛。

消息传到济南，遭到铁路职员反对。因为山东罢运各团体曾提出"尽先任用山东人"的条件，而胡洪猷是江浙系人物，致使胡洪猷到济南火车站时被示威人群所阻，只好悻悻返回北京。

此举又引起江浙系职员不满，致电北京，对山东籍职员反对胡洪猷任职一事大加攻击。

时人认为："这是地方军阀夺取铁路管辖权的预谋行动。例如 2 月 21 日《北京导报》所刊载的记事概要中作过如下评述：山东军阀的这次举动，并非事出无因，而是中国军阀长期以来就想掌握国有铁路管辖权的意图在胶济铁路的体现。据说最近的同盟罢工就是该铁路职工在山东军阀的默许支持下，才取得绝对胜利的。"

交通部的铁路职员任命权，被山东省政府所阻碍，此事颇为重大。假如中央政府默许了这种行为，将会引起其他各省军阀的效仿，插手干预铁路事务，这会对全国铁路一盘棋的管理造成恶劣影响。

看来，这场罢运罢工风潮，已经并不是简单的"南北之争"，还有军阀与铁路不动声色的"路地之争"。

当时在胶济铁路实习的交通大学学生谢岳亲历了这场罢工，他的见解更加独到，他认为："这次罢工，表面上看起来是由山东人排斥外省人所引起的，实际上却是路局中日本人和亲日派势力排斥亲美派势力的一场狗争骨头的丑剧。换句话说，是日、美帝国主义之间争夺在华权益白热化的反映。"

按照谢岳的观察，从日本人手中接手胶济铁路以后，日本人车务处处长大村卓一就和山东地方实力派在胶济铁路管理局的代理人、车务总段长马廷燮等勾结在一起，所定出口货物运价低于全国各路运价，这对山东省出口商和日本财阀有利，而山东省出口商又与山东军阀要人有直接的瓜葛，因此都极力排斥其他势力的渗入。

但多数留学于美国，思想倾向于英、美，受北京军阀政府支持的"交通系"不肯甘心。因此在胶济铁路管理局内形成两派，围绕运价问题，竞相扩充实力，展开争夺胶济铁路管理权（特别是运价权）的斗争。

如此说来，可谓神龙见首不见尾，水深难测，超乎想象。

当然，还有一股力量隐藏其中，那就是年轻的中国共产党。

七

1925年2月5日，夜，四方三育小学。影影绰绰的灯光，映照着一张张跃跃欲试的面孔。

邓恩铭以新闻记者身份，召集四方机厂20余名骨干在此开会。

当时决议五项条件：

一、恢复被开除工人的工作（指郭恒祥等）；

二、必须承认工人有自己的工会；

三、不分领班、工匠、小工、学徒，每人每月增发大洋六元；

四、发给大煤（指煤块。以前领班、工头发大煤，工人则发煤末）、房金；

五、速发年终奖金。

会议决定以傅书堂、丁子明、纪子瑞等为四方机厂工人代表，与路局内的"山东派"商谈参加罢工问题。这与"山东派"的罢工目的不符。双方各持己见，谈判破裂。

邓恩铭决定组织独立罢工。2月7日晚上，邓恩铭去四方机厂秘密开会，要求从零时起，四方机厂工人和胶济铁路全线同时举行大罢工。

实际上，原定 2 月 8 日凌晨举行的胶济铁路全线大罢工，因 2 月 8 日青岛方面有运送溃兵任务，直至 2 月 8 日晚才正式举行。

2 月 8 日晚，胶济铁路全线大罢工。

2 月 9 日早，四方机厂工人罢工也开始了。

工人代表找厂长杨毅谈判。杨毅就是阚铎上任后准备让其接任孙继丁机务处处长职务的人选，不料因大家反对搁浅。

工人提出五项条件：

一、恢复被开除的四个工人的工作；

二、承认工会是工人自己的组织；

三、不论徒工、壮工每人每天增加工资七分；

四、补发年终奖金；

五、工人和员司在福利方面同样待遇，要分给宿舍，发给煤块。

杨毅未置可否，借故下楼，强迫工人开机工作。

2 月 11 日，因为驱逐阚、朱的目的已达到，胶济铁路大罢工结束。

四方机厂罢工是否继续？这是摆在组织者面前的一个现实问题。青岛党组织分析认为："工人没有得到好处，应该坚持罢工，领头全路停车的人怕把事情闹坏要负责任，必然想法处理。因此，只要坚持罢工，一定获得胜利。"

这让胶济当局非常着急。

2 月 14 日，代理局长李钟岳派警务处处长率路警前去弹压，警务处处长恫吓工人：罢工是不合法的！工人们反问：铁路停车合法吗？警务处处长无话可说，只好回去。

2月16日，李钟岳会见工人代表，表示铁路当局将对工人的诸项要求调查研究，尽可能给予满足，而且以此作为条件，劝告工人复工。工人方面接受了劝告，但也提出，假如当局不履行协定，将要进一步采取适当的手段，并以此作为复工的条件。

2月17日，路局给出这样的答复：

一、同意恢复被开除的郭恒祥等四人的工作；

二、承认工会但要报警察厅批准，厂方承认工人代表，有事可找代表商量；

三、增加工资要交通部批准，但保证一定增加；

四、年终奖全照发；

五、房金也要交通部批准，大煤可以买。

邓恩铭听了工人代表的汇报后说："不能要求一次斗争解决一切问题，要适可而止，只要答应复工条件的60%，就是胜利。"于是决定第二天复工。

第二天，全厂复工。为庆祝这次罢工胜利，午饭后，工人们放鞭炮，并合影留念。这张合影，人员密密麻麻。尽管看不清每个人的表情，但他们的脸上一定带着胜利的喜悦。

1925年3月，胶济铁路总工会正式成立，下设青岛、高密、坊子、

⊕ 1925 年 2 月 18 日，胶济铁路总工会四方机厂分会全体罢工胜利纪念合影。

张店、济南、四方机厂等 6 个分会，并组建了胶济铁路总工会执行委员会。由于执委会成员绝大部分是四方机厂工人，所以当时的胶济铁路总工会和四方机厂分会基本上是一套班子，两块牌子。

如今，在胶济铁路博物馆"红色胶济"展厅，有一枚"胶济铁路总工会执行委员会四方分会"图章。站在展柜面前，仔细端详，不仅感慨：一枚小小的图章，承载着多少波澜壮阔的历史风云。

乱局渐欲迷人眼

这里的"局"，有两重意思，一个是"局面"，一个是"局长"。

在 20 世纪二三十年代，胶济铁路管理局局长更换颇为频繁，乱纷纷你方唱罢我登场，可谓管窥民国政坛风云的一个窗口。

第一任局长赵德三：新年伊始，开局不利

1923 年 1 月 1 日，对于胶济铁路来说，是一个具有里程碑意义的日子。中日双方在青岛朝城路 2 号举行交接仪式，胶济铁路正式回归中国。

这一天，胶济铁路管理局正式成立，赵德三为第一任局长。

赵德三，山东平度人，历任津浦铁路管理局工务处处长、津浦铁路北段代理总工程师。1920 年，他任烟潍路工程处处长。1923年 1 月 1 日，他从日本人手中接过胶济铁路全部资产册籍。

尽管接收仪式还算顺利，可在局长这个位置上，赵德三干得并

不顺当。上任伊始，财政捉襟见肘，不得不先后从京绥铁路管理局、津浦铁路管理局各借款 5000 元。

铁路事故又给了赵德三当头一棒。事故发生时，距他正式就职才一个半月。

那是 1923 年 2 月 15 日下午，大年三十。为了早回坊子过年，从青岛开出的 37 次货运列车，司机开得很快。车到高密，抱着同样想法的另一台机车司机，要求高密站站长把自己的机车与之连挂。高密站站长慷慨应允，没想到列车运行到云河大桥时突然坠毁。

时为大年初一凌晨，1 名司机死亡，5 名司乘人员受伤。主要原因是两台机车连挂，超过了桥梁的载重量。

赵德三立即率人赶赴现场。新年伊始，开局不利，赵德三心里肯定很不痛快。交通部也对赵德三很不满，3 月 23 日将其调回，另派京绥铁路管理局局长刘堃继任。时间是 1923 年 4 月。

第二任局长刘堃：红色风暴，成其噩梦

刘堃，山东蓬莱人。1920 年赵德三任烟潍路工程处处长时，刘堃任工程师。

刘堃在胶济铁路干了一年，就黯然下台。他的下台，与工人罢工有关。那时，刚刚成立两年的中国共产党，1923 年组织了京汉铁路大罢工，后因吴佩孚镇压而失败。中国共产党决定开辟新的战场，选中了四方机厂。

　　1923 年 4 月，中国工人运动的先驱王荷波化名满玉纲，秘密来到四方机厂。他是以"五路联合会"代表的名义到四方机厂的，主要目的是改造郭恒祥成立的"圣诞会"，开展工运工作。

　　王荷波与刘堃都是 1923 年 4 月来到青岛的。刘堃并没有意识到，一场红色风暴正在青岛上空徘徊，并对自己的仕途产生严重影响。

　　1923 年 8 月，胶济铁路管理局大楼突然被四方机厂 1200 余名职工包围。原来，刘堃此前借口雨衣丢失，将该厂 8 名工人开除并移交法庭。"圣诞会"遂发动 1200 多人罢工，包围局机关，要求恢复被开除工人的工作。刘堃、朱庭祺借故逃脱。最后，当局被迫同意工人诉求。

　　同年 10 月，胶济铁路全体职工发表"驱刘宣言"，列举刘堃十大罪状，要求交通部速将其免职，否则将全体罢工。

　　1924 年 1 月 28 日，"圣诞会"再次发动工人罢工，抗议胶济铁路管理局和厂方借故迟迟不发年终双饷和红利。沿线各站段相继而起，迫使路局和厂方宣布双饷、红利照发。

　　罢工让刘堃焦头烂额。事故同样让刘堃不得安心。

　　1924 年 1 月 18 日早晨，由济南开往青岛的 2 次旅客列车，在辛店至金岭镇间失火，烧毁客车 3 辆、守车 1 辆；烧死旅客 5 人，跳车跌死 2 人，重伤致死 3 人，重伤 27 人，轻伤 9 人。当时离过年还有 16 天。

　　1924 年 4 月，刘堃被撤职，邵恒浚接任。

第三任局长邵恒浚：伴随直系，上下沉浮

对于邵恒浚的任职，《青岛铁路分局志（1899 年—1990 年）》的一句话意味深长："4 月，随胶澳督办高恩洪上任的邵恒浚，任胶济铁路管理局长。"可见两人有着千丝万缕的联系。

邵恒浚，山东文登县人，曾留学俄国，历任黑龙江铁路交涉总局会办兼总办、直隶知州、外交部参事、驻海参崴总领事等职。

高恩洪，山东蓬莱县人。1922 年 6 月 12 日任北洋政府交通总长，次年 1 月 4 日离任。高恩洪任职的这半年经历了颜惠庆、唐绍仪、王宠惠、汪大燮四届内阁，可见政局变化之快。

高恩洪和邵恒浚都是直系吴佩孚的人，自然十分亲近。然而，他们的命运也与吴佩孚密切相关。

在 1922 年第一次直奉战争中，直系胜利，吴佩孚逼迫徐世昌下野，曹锟于次年 10 月以贿选当上总统。这期间，直系人马随之崛起。

风水轮流转。在 1924 年 11 月结束的第二次直奉战争中，吴佩孚惨败。随后，高恩洪退出政界，到烟台经营"烟潍路自动车公司"，任总经理。邵恒浚也随着吴佩孚的倒台而去职。

第四任局长朱庭祺：任职俩月，上下匆匆

邵恒浚之后，副局长朱庭祺接任，时间是 1924 年 11 月。

朱庭祺，江苏沙川（今属上海）人，北洋大学毕业。1906年赴美，1912年毕业，获美国哈佛大学经济硕士学位。1912年5月任北京政府工商部参事，后任沪杭甬铁路局英文秘书。1922年任鲁案善后办公署路务处主任。

朱庭祺是第一个非山东籍人出任胶济铁路管理局局长的人。可任职不到两个月，就不得不腾地方。因为新任局长阚铎来了。

第五任局长阚铎：换将洗牌，引火烧身

阚铎，安徽合肥人，毕业于日本东亚铁路学校，回国后历任北京政府交通部秘书、监理科科长、统计科金事等职。

1925年1月5日，阚铎到胶济铁路管理局就职。他上任的第一件事，就是大面积撤换山东籍职员，引发山东地方实力派的强力抵抗。山东地方实力派暗中组织罢运、罢工，给交通部施压，撤换阚铎。

就在2月8日胶济铁路大罢工这天晚上，阚铎知掀天风潮已起，位置将不保，故借赴京为名，匆匆逃离青岛。

鹬蚌相争之际，日本人企图渔翁得利。他们在济南、青岛所办报纸上，大唱日本人应乘机实行中日协定条约，派员暂时维护铁路交通，并组织"南满"铁路工人乘船赴青岛。

阴谋被中方识破后，日本轮船消失得无影无踪。

第六任局长李钟岳：山东军阀，助其上位

就在局长位置出现真空之际，山东军务督办郑士琦、省长龚积柄派济南新城兵工厂厂长李钟岳暂行代理局长。

2 月 11 日上午，李钟岳到胶济铁路管理局正式就职。随后他召集全局人员开会，给他们吃了个"定心丸"：路局员司均不更换。当夜 11 时，胶济铁路恢复正常。至此，胶济铁路主导权落入山东地方实力派手里。

第七、八、九任局长：胡文通惨遭不幸，赵蓝田梅开二度

李钟岳仅干了 4 个月，就被赵蓝田继任。

赵蓝田，山东胶县人，青岛礼贤书院毕业，曾任京绥铁路管理局局长、烟潍路汽车处处长。

一个月后，赵蓝田又被胡文通接任。变化之快，让人目不暇接。

胡文通，江苏江都人，奉天商业学校毕业，奉天讲武堂炮科毕业。他历任东三省陆军炮四团见习，镇威军全军运输主任，第一军、第三军交通参谋，第二军交通咨议，总兵站处咨议，第一军上校参谋，交通科科长，交通处处长，京奉铁路锦州站站长，丰台、古冶、天津各站副站长、替班站长，奉榆路客货票总稽查，京奉路车务处处长。

当时山东军务督办是奉系军阀张宗昌。张宗昌 1925 年 4 月上任，7 月兼任山东省省长。而 7 月正是胡文通上任时间。他的上任是否

与张宗昌有关不得而知。可以明确的是，他们都有奉系背景。

胡文通是胶济铁路管理局局长中唯一被枪决的一个。

原来，胡文通在之前张宗昌、孙传芳的战争时，曾充任鲁军交通司令，然而因为办理不善导致车务拥塞，贻误军事，张宗昌要将其法办。后来张宗昌免他一死，让他担任胶济铁路管理局局长，希望他能够将功补过。如此看来，胡文通在胶济铁路乃是戴罪之身。

然而胡文通有勇无谋，绰号"胡闹"，常借上峰之命压制僚属。离开胶济铁路后，胡文通又回到军中任职，出任第十一军督战司令，结果打了败仗，而且查实有通敌之罪。后来，胡文通在蚌埠被枪毙。

在局长任上，胡文通只干了半年。1925 年 12 月，局长一职又回到赵蓝田手中。从 1923 年到 1925 年，是局长变动最为频繁的阶段，三年时间，八次调整。

原来，赵德三、李钟岳、赵蓝田、胡文通是地方实力派人选；朱庭祺、刘堑、邵恒浚、阚铎则是交通系派员。交通系一心想要掌控胶济铁路，换将洗牌，招数不断，地方实力派不屈不挠反击，罢工罢运，釜底抽薪。

赵蓝田第二次主政期间（1925 年 12 月—1929 年 4 月），恰逢1928 年日本制造济南"五三惨案"，随后占领胶济铁路达一年之久。因此，1928 年 5 月到 1929 年 4 月，胶济铁路实际上由日军控制。如此算来，赵蓝田实际主导时间为 1925 年 12 月至 1928 年 4 月，17 个月。

1928 年 6 月国民革命军"二次北伐"胜利后，南京国民政府经过与日方长达 10 个月的艰难谈判，于 1929 年 3 月签署了中日"济案"协定。随后开始接收胶济铁路。

第十任局长颜德庆：铁路大权，回归中央

胶济铁路自 1929 年 5 月由南京国民政府接收后，管理机构更名为胶济铁路管理委员会。首任委员长颜德庆，相当于胶济铁路第十任局长。

颜德庆，上海人，美国理海大学毕业，主修铁道工程学，历任粤汉铁路及川汉铁路工程师、华盛顿会议中国代表团专门委员。1922 年，颜德庆出任中国接收铁路委员长，协助鲁案善后督办王正廷接收胶济铁路。

颜德庆的上任，意味着胶济铁路主导权回到铁道部手里。

当时铁道部部长是孙科。孙科 1928 年 10 月上任，是南京国民政府第一任铁道部部长。就任之初，他提出以"管理统一"和"会计独立"为基本原则的施政纲领。所谓"管理统一"，主要内容有四项：整理军运，放还车辆；各路车辆互调权完全受铁道部的命令，不准任何方面干预；取消各路运输附加费；确定路局用人标准。

可以看出，铁道部不允许外部插手铁路事务。

颜德庆就是在这样的背景下就任委员长的。当时的委员是陆梦熊、崔士杰、彭东原、赵蓝田。赵蓝田从局长降为委员，他的心情

可想而知。不久，赵蓝田辞去委员职务，铁道部照准。

颜德庆从 1929 年 5 月一直干到 1930 年 2 月，半年多时间。

第十一任局长：萨福均功盖胶济，梁上栋昙花一现

颜德庆的继任者是萨福均。

萨福均，福建闽侯县人，毕业于美国普渡大学铁路工程专业。1911 年，应詹天佑邀请，参与粤汉铁路建设。1922 年萨福均任鲁案督办公署评价委员，参与接收胶济铁路，此后出任胶济铁路管理局工务处处长，对满目疮痍的胶济铁路进行全面大修，功盖胶济。

萨福均主政胶济时期，遇到的最大事件莫过于中原大战。中原大战爆发于 1930 年 5 月，是阎锡山、冯玉祥、李宗仁联合反对蒋介石的战争。尽管他们在"二次北伐"时曾是同盟，但胜利后很快兵戎相见。

胶济铁路遭受池鱼之殃。阎锡山部晋军张荫梧占领济南后，沿胶济铁路大举东进。蒋介石部韩复榘弃守济南，沿胶济铁路向东退却。张荫梧旗开得胜，继而任命了梁上栋为胶济铁路管理局局长。

梁上栋，字次楣，山西崞县（今定襄县）人。巴黎和会后，任国际联盟军事顾问会中国常务代表，还被推举为第六届大会主席。1922 年青岛主权回归前，任鲁案督办公署行政接收主任。接收青岛后，任青岛保安处处长兼水道事务所所长。"二次北伐"之后，他出任国民革命军战地政务委员会委员、胶东军事外交特派员。

梁上栋在胶济铁路任职时间并不长，因为战局很快发生逆转。8月中旬，韩复榘大举反攻。8月14日，晋军退出济南，梁上栋不得不随之走人。屈指算来，他只干了一个月，地盘未稳，昙花一现，以至于胶济铁路历任局长名录中并没有他的名字。

真正的局长还是南京国民政府任命的萨福均。

萨福均从1930年2月一直干到11月。离开胶济铁路后，他与颜德庆一起参与了我国第一座铁路轮渡——南京—浦口轮渡的设计。

第十二任局长葛光庭：风吹浪打，岿然不动

此后，一个重要人物出场，他就是葛光庭。

葛光庭，又名光廷、光亭，字静岑，安徽蒙城人，日本陆军士官学校第六期毕业生，回国后在军界供职。主掌胶济之前，葛光庭任平汉铁路北局（黄河以北）局长。这是中原大战后东北边防军司令张学良委派的。当时平汉铁路南局局长为南京国民政府的何竞武。铁道部部长孙科主张取消北局，调离葛光庭，将北局划归南京管理。但张学良不同意。

张学良不同意是有原因的。1930年中原大战，张学良和蒋介石有过一笔交易。张学良通电拥蒋，挥兵入关，蒋介石取胜。蒋介石答应张学良，入关后平绥、平汉、正太、沧石铁路局局长由张学良先行委派，再由铁道部正式任命。

孙科自然不会愿意当"盖章部长"。后来通过蒋介石做工作，张学良才同意把平汉铁路北段移交，同意葛光庭到胶济铁路任职。

1931年1月，葛光庭正式就职胶济铁路管理委员会委员长。

葛光庭刚上任，就遇上一件头疼事儿：胶济沿线煤商因对运价上调不满，声称举行罢运，并动员各界向铁道部施压。此事惊动南京国民政府，双方争执长达8个月之久。

同年，葛光庭遇到另一件麻烦事儿，青岛大学生卧轨拦车。

1931年九一八事变后，青岛大学学生开始罢课，12月初组团乘火车赴南京请愿。此事惊动了山东省政府和南京国民政府。

1933年，是葛光庭最为难堪的一年，这年发生了"驱葛风潮"。9月4日、5日、6日，《申报》连续发出报道：《胶路员工请罢撤葛光庭》《胶路员工代表请愿》《胶路员工代表请监院查办葛光庭》。

胶济铁路开始反击。9日，《青岛平民报》刊文：《胶路发现驱葛委员会　全体员工再电铁道部　请专呈政院严查冒名请愿者》。该报同时刊登胶济铁路员工致铁道部部长孙科、政务次长连声海、常务次长王征的电文和致社会各界的启事。此事这才偃旗息鼓，但内幕不详。

1928年至1938年，南京国民政府铁道部部长有七任，而葛光庭却屹立不倒，从1931年一直干到1937年，是胶济铁路全线沦陷（1938年1月）前最后一任主管，也是在这一位置上任职最长的一位主管。

第十三任局长陈舜畊：内战割据，铁路难支

1945 年日本投降后，国民政府派陈舜畊接收济南的日伪铁路机构，并在此后成立济南区铁路局，陈舜畊任局长。

陈舜畊，上海沪江大学毕业，1926 年初奉召到黄埔军校任上尉书记，为蒋介石贴身秘书。陈舜畊也在黄埔军校教学，曾是林彪、胡琏、张灵甫、许光达、李弥等人的老师。

陈舜畊在山东任职期间，管理机构名称发生了明显变化：1945 年 10 月—1946 年 3 月，为"济南区铁路局"；1946 年 3 月—1948 年 10 月，为"津浦区铁路管理局"，但局长职务没变。

当时津浦区铁路管理局，辖胶济铁路。

陈舜畊主政时期，正值解放战争时期。津浦、胶济均为双方争夺的焦点，战事频仍，拉锯不断。1949 年春，青岛铁路只能通到城阳。而济南铁路很长一段时间只通周边"三店"：东至郭店，北至桑梓店，南至炒米店。因此陈舜畊的日子并不好过。

1947 年 7 月 4 日，济南地区及胶济铁路沿线员工 3000 余人，列队到津浦区铁路管理局办公楼前请愿，抗议再次裁员减薪。工人包围、痛打局长陈舜畊，并与警察发生激烈搏斗。

1949 年，陈舜畊去了台湾。

不难看出，局长更迭的背后，是各种势力或明或暗的争斗。而局长个人的命运，也印证了名利场中"高处不胜寒"的警言。

山河大地一担装

1937 年，七七事变爆发。7 月 29 日，北平沦陷；7 月 30 日，天津沦陷。此后，日军沿津浦铁路大举南侵。

为迟滞日军进攻，1937 年 8 月，铁路工人将津浦铁路济南至德州间线路破坏。因津浦铁路北段不通，暂时还没被日军占领的胶济铁路，成了许多人辗转流亡的"生命线"。

一

北平沦陷后，在北京大学任教的梁实秋失声痛哭。他涕泣着对大女儿梁文茜说："孩子，明天你吃的烧饼就是亡国奴的烧饼。"

一天，北大同事张忠绂匆匆来告："有熟人在侦缉队里，据说你我二人均在黑名单中。走为上策。"

当时，梁实秋大女儿梁文茜 10 岁，儿子梁文骐 7 岁，幼女梁文蔷仅 4 岁，家中还有老人，不堪奔波之苦，梁实秋决定只身逃离。

走之前，他写下了遗嘱，因为不知道此后的命运如何。

临行前，梁实秋与妻子程季淑互道珍重，相对黯然。逃出家门那一刻，他深切地意识到：前途渺渺，后顾茫茫。

因为战事，平津铁路一度中断。梁实秋乘坐的是通车后的第一班车。区区 140 公里左右的路程，火车却由"清早"走到"暮夜"。

梁实秋抵达天津后，住进法租界帝国饭店，随后搬到清华大学同学、时任天津《益世报》主笔的罗隆基家中。

他们对津浦铁路北线战况非常关注。因战况不容乐观，他们意识到天津不可再留，遂相偕乘船到青岛，再乘车赶赴济南。

在济南老火车站，梁实秋遇到了数以千计由烟台徒步而来的年轻学生。炎炎夏日，长途跋涉，异常艰辛。看来，当时的交通工具已远远不能满足实际需要。

令梁实秋没想到的是，夫妻一别就是六年。妻子独自承担家庭重担，个中艰辛，直到后来才了然。

1943 年，程季淑的寡母去世。次年夏，病病歪歪的她，带着 3 个孩子，还有 11 件行李，从敌占区北平南下，借助各种交通工具，翻越千山万水，历经千辛万苦，终于赶到四川重庆，与丈夫团聚。

当年分别时 10 岁、7 岁、4 岁的三个孩子梁文茜、梁文骐、梁文蔷，已经是 16 岁、13 岁、10 岁了。

乱世浮生，梁实秋颇多感慨："凭了这六年的苦难，我们得到了一个结论：在丧乱之时，如果情况许可，夫妻儿女要守在一起，千万不可分离。我们受了千辛万苦，不愿别人再尝这个苦果。日后遇有机会，我们常以此劝告我们的朋友。"

结论是一回事儿，实情是另一回事儿。仅仅过了四年，一湾浅浅的海峡，又隔断梁家亲情四十年。

二

北平沦陷后，一所大院内，红色炉火摇曳，黑色蝴蝶飞舞……

炉旁之人，神情凝重，默默无语。他们手中，一份份材料不甘心地滑落，被无情的炉火吞噬，纸片痛苦地扭曲着，刹那间灰飞烟灭……

这是他们几年来积累的文字资料。这里是他们编写教科书的大院。他们是沈从文、杨振声和朱自清等人。

炉火，映着他们黯然的脸；炉火，也烤着他们滴血的心……

沈从文本想举家逃离，但长子沈朱龙不满三岁，次子沈虎雏才两个月，妻子张兆和觉得与其一家人相互拖累陷入绝境，不如暂时分开。两人商定，沈从文先离开，张兆和随后带孩子南下，到上海会合。

1937 年 8 月 12 日清晨，沈从文和杨振声、朱光潜、钱端升、梁宗岱、赵太侔夫妇、谢文炳夫妇等一批清华、北大两校的熟人、朋友，乘坐列车向天津出发。

这段结伴出逃的经历，被朱光潜写入《露宿》一文："由平到津的车本来只要走两三点钟就可到达，我们那天——8 月 12 日，距北平失陷半月——整整地走了 18 个钟头。晨 8 时起程，抵天津老站已是夜半。"在此期间，他们遭到日军的盘查。因进不了租界，安全难以保证，他们一行四人，连同众多逃难者，只好夜宿在万国桥长堤和人行道上。

第二天一早，钱端升持通行证来接他们，才算暂时脱离困境。令他们深感后怕的是，这天夜里天津下起泼瓢大雨，因遭日军盘查，"北平来的学生被抓去的有几十人之多"。

按原定计划，沈从文一行取道天津，到南京集中，然后再去上海。谁知打开 8 月 14 日报纸一看，日军前一日进攻上海，八一三事变爆发，淞沪会战打响。

上海去路已断，天津不能久待，大家如热锅上的蚂蚁，急得团团转，只好焦急等待，度日如年。

这一滞留，就近十天。8 月下旬，一艘英国商船正准备从天津开往烟台。他们抓住机会，匆匆忙忙上船。

船到烟台时，只见海上潜水艇正浮出水面，炮口指向烟台市区。此时，中日双方军队正在烟台对峙，战事一触即发。

由于太危险，杨振声赶紧找熟人，弄来一大一小两辆汽车，载着众人离开烟台。到了潍坊，正好赶上从青岛开往济南的最后一班火车。

火车沿胶济铁路行驶，不时有日机从列车上空掠过。每当飞机出现时，列车便赶紧停下来，并立时发出警报，车上男男女女便急慌慌跑下车去，在铁路两旁的田头地角隐蔽，望着敌机从头上掠过，远去，在云彩间消失，再立即跑回。

如此反复多次，车到济南时，已是半夜。因为人多，旅馆多已爆满，寻找住处皆无着落。其时，一轮圆月悬在空中。圆月之下，一颗颗破碎的心在游荡……好在山东教育厅厅长何思源得知他们到了济南，已代他们联系了济南一家最好的旅馆。

他们在济南滞留两天，才从津浦铁路济南站踏上开往南京的火车。同行者中，有一位是朱自清的儿子朱迈先，他半路和几个青年一道下车，投奔共产党领导的抗日游击队去了。

没有悲壮的告别，没有虚饰的豪言，望着这些年轻人远去的背影，沈从文感到一阵激动。他们勇赴国难的行动，连同他们对民族翻身所抱的坚定信念，一起深印在沈从文的脑海里……

三

北平沦陷后，一天，梁思成收到"东亚共荣协会"的请柬，邀请他出席会议。日本人此时已经注意到梁思成的身份和影响。梁思成深知，要想不做汉奸，必须立即离开北平。

当时北大、清华、南开三所大学，已奉国民政府教育部命令迁至长沙，合组新校——长沙临时大学。梁思成也决定举家南迁。

当时，梁思成患脊椎软组织硬化症，医生为他设计了一副铁架子"穿"在衬衣里面，以支撑脊椎。梁思成对林徽因笑言："刚开始抗战，就穿上防弹背心了。"

林徽因身体状况也不佳。医生警告她说："肺部有空洞，任何一次感冒或别的什么不慎，都将导致严重后果。"但别无选择的林徽因，只能听天由命。

1937年9月5日一大早，梁思成夫妇携带两个孩子和孩子的外婆，与清华大学教授金岳霖及另外两位教授走出了自己的住所——北总布胡同三号院大门，在晨光熹微中，踏上了漫长的流亡之路。

当时津浦铁路战火纷飞，梁思成一行只好乘火车到天津，稍事休整，从新港搭乘英国商船，前往烟台。船到烟台，那里也已战云密布，中日军队正在烟台对峙，箭在弦上，一触即发。林徽因、梁思成不敢在这里住宿，即刻乘汽车去往潍坊，在潍坊住了一夜，第二天一早，又乘上了青岛开往济南的第一班火车。

火车在胶济铁路上行驶，不时有日军飞机从上空呼啸着掠过。每到这时，火车便立刻停下来，拉响警报，男男女女便慌忙跑下车去。日机飞得很低，几乎可以看到机身上红色的"太阳"标记。

火车就这样走走停停，下午三点钟才到达济南。

当时济南挤满了逃难者，所有旅馆都已爆满。梁思成请山东省教育厅帮忙，总算在大明湖边找到了一家条件不错的旅舍。

可是，急于南下的他们同沈从文一样，也在济南滞留了两天。

此后，他们辗转徐州、郑州、武汉，历尽千辛万苦，总算来到长沙。按照金岳霖致费慰梅信中的说法："这时已是十月一日了。"屈指算来，从北平到长沙，历时 20 多天！

同年 10 月，林徽因在给沈从文的信中这样感概："由卢沟桥事变到现在，我们把中国所有的铁路都走了一段！最紧张的是由北平到天津，由济南到郑州。带着行李、小孩，奉着老母，由天津到长沙共计上下舟车十六次，进出旅店十二次，这样走法也就很够经验的，所为的是回到自己的后方。"

四

陈寅恪是带着无尽的悲伤离开北平的。这不仅因为国破，还因为家亡——他的老父亲、85 岁的陈三立先生忧愤难平，含恨辞世。

1937 年 11 月 3 日一早，老父弃世第 49 天，陈寅恪、唐筼夫妇携带 3 个女儿逃往天津。陈寅恪的 3 个孩子中，大女儿流求 9 岁，二女儿小彭 7 岁，三女儿美延才 5 个月。

因车站检查很严，陈寅恪扮作买卖人。他叫大女儿流求背熟亲友地址，且要考核有无错误，以防孩子走散。这是因为如果随身带地址簿，万一被查到会牵累别人。

他们全家逃到天津租界，住进六国饭店。他们的目的地是长沙，那里有新组建的长沙临时大学。

他们选定一艘名为"济南轮"的英国邮轮南下。到青岛后，马不停蹄,连夜赶路,购买了由青岛去长沙的联程票,而且是头等车票。

他们坐的头等车为绿钢车,铺陈极好。天亮之后,早早起床的唐筼忽然发现苗头不对,对面来了一列车,人满为患,看上去好像难民车。

这是一趟从济南开来的列车。唐筼颇为惊讶:"人家由济南逃出,而我们如今反而要进入济南,……济南总不至于沦陷了吧?"就这样心怀忐忑中,列车到达胶济铁路济南站。

唐筼意想不到的是,站台上行人稀少。出站之后,发现家家关门闭户,商店也上了铺板。他们懵懵懂懂地到了招待所,才知道这几天风声甚紧,前一晚中国守军将黄河桥炸毁,居民吓得四处逃走,担心日军就要到了。

他们到达济南的时间,可以推断是 11 月 16 日。因津浦铁路黄河大桥被炸毁时间是 11 月 15 日。如此算来,他们离开家已经 13 天了。

陈寅恪一家到达济南时,中日两军正在黄河两岸对峙。这里距津浦铁路济南站不到十公里。城内百姓人心惶惶,急于逃命。可是车站不一定有车,唐筼忧心如焚。

终于,下午一点后,陈寅恪等人带回了消息:"快快走,站长说见车就上,现在不必论班次。明天有没有车还不知道呢!"

他们也没好好吃午饭,立刻赶到津浦铁路济南站。车站上人山人海,在车门口挤成一个疙瘩。

⊕ 1937 年 11 月 15 日，铁路工人配合中国守军炸毁了津浦铁路济南泺口黄河铁路大桥，迟滞日军的进攻。

关键时刻，救星来了！幸亏相熟的刘清扬在车上发现了他们，把他们一个个由窗口吊上去，还让给他们三个座位。

这是一节三等车，挤满了老人、妇女和孩子，又嚷又哭，连站的地方都没有，挤得腿都不能动一下，身子也不能随意转一转。

唐筼后来才知道为什么这么多的人来挤，因为来搭这次列车的是铁路职工的一部分家属，奉命撤退到蚌埠。这些铁路职工家属连煮饭的铁锅、吃饭的碗盏都带着。

吃饭，的确是个问题。唐筼说："车上照例的茶水当然是没有了，晚饭更是不必想。幸亏我们带一个暖壶和少量馒头、一点糖果，到了晚上一星星小灯火在车顶上晃，对面的人脸都看不清楚。"

此后，他们经徐州，转郑州，再汉口，历尽艰辛，11月20日到长沙。屈指算来，从北平到长沙，用了18天。

本指望在长沙能安定下来。不料，一个月后，南京陷落，武汉告急。1938年1月，长沙临时大学奉命迁往云南昆明，是为国立西南联合大学。陈寅恪又不得不携家人继续登程。

五

流亡是抗战时期中国极为鲜明的社会特征。

10月下旬的一天傍晚，济南一中师生接到学校命令："今晚七点整，在济南老站集中上车！"为躲避战乱，济南一中决定迁往泰安。

深秋季节，天气渐凉，人们有的带着棉大衣，有的甚至带着自行车。

他们原以为能坐三等车厢，谁知逃难的人多，只好坐了闷罐货车。闷罐货车没有灯，大家只好摸黑坐等。大家都盼望火车快点开，但火车却纹丝不动。战时铁路没有准点。

直到快深夜 12 点，火车才开动。泰安离济南 73 公里，10 多个车站，列车站站停，还要避让军车。就这样走走停停，直到第二天凌晨才到达泰安。

后来成为新华社高级记者的孙跃冬，是这次流亡的亲历者，当时他还是一名初中二年级的学生。孙跃冬事后感叹："老师同学们哪里知道，这一步迈出家门，济南不日沦陷，整整八年之后才得以返回啊！"

当时流亡山东的还有北平学生移动剧团。这个剧团是遵照中共北平市委书记黄敬的指示，由"中华民族解放先锋队"总部组织成立的。这个剧团的成员，有后来成为著名作家的陈荒煤、著名电影演员张瑞芳、国家体委秘书长荣高棠等。

很多年后，陈荒煤还这样忧伤地写道："整整一年时间里，就是不断地唱着救亡歌曲，一面呼吁'战斗'，一面不断哀叹'流浪'——又总是看着部队不断地撤退、撤退；《松花江上》那首歌曲中'流浪、流浪，哪年哪月才能够回到我那可爱的故乡……'凄凉的音调，总是不绝地萦绕在心头……"

流亡的不仅有学者、学生，还有工人及其家属。

七七事变后，南京国民政府为保存经济命脉，决定将沿海企业向内地迁移。铁道部首先饬令四方机厂，拆除重要机器设备装运南迁，部分西移。那时，中国南方和西北还没有像四方机厂这样规模的铁路工厂，而北方的铁路工厂全被日军占领。

四方机厂，三分之二迁至株洲，三分之一迁至西安、洛阳、江岸等地。这个继唐山、大连两厂后第三家出现于中国的机车车辆工厂，在迁移中四分五裂，支离破碎。

抗战开始时，胶济铁路全线有机车107台，客货车1830辆。1937年八九月份，铁路工人把机车22台、客车和货车20列，过轨运到津浦铁路，转驶粤汉铁路。11月16日以后，除维持全路军运和少数旅客列车外，工人将绝大部分的车辆过轨南运。

负责往株洲搬迁的是四方机厂副厂长顾楫。

1937年10月上旬，顾楫带着60余名员工，护送3列机器设备到达株洲机厂。到1938年5月，机器设备也安装好了，并开始修理机车和客货列车。至同年8月，株洲机厂已建起厂房26840平方米、住宅6209平方米，拥有各种机器设备270余台。

然而，当生产初具规模时，却遭到了日军飞机的狂轰滥炸。交通部（当时铁道部已合并到交通部）电令株洲机厂，把机器设备及车辆等搬到广西兴安。

1939年上半年，顾楫等人建起了柳江、贵州、贵定三个机车厂，也就是湘桂黔三路总机厂。1940年，在兴安成立了"存车整理委员会"和"车辆整顿工厂"。经过两年多时间，将湘桂黔沿线数百辆（台）机车、客车、货车修理好，供应抗战运输需求。

可是，随着日军的入侵，兴安又待不住了，上级指令将所有机器设备和工人编成两列车，沿湘桂黔铁路向西转移，一直到了广西西北部的金城江。

令人意想不到的是，这500多公里的路程，走了一个多月。火车到了金城江，没有煤，只能烧枕木；后来枕木也没有了，只能停下来。

1944年3月，为避免这些机器设备和列车落于日军之手，国民政府下令，在金城江将顾楫等人拼着性命带来的机器设备，以及在兴安未修好的机车车辆全部烧毁。

看到熊熊大火把自己的心血吞噬，顾楫等人痛心疾首，欲哭无泪……

此后他们流亡到贵州麻尾、贵阳等地，靠救济费度日。跟着顾楫从四方机厂迁来的60余名员工，失散多人，到了麻尾只剩下20余人。

18集纪录片《去大后方》中，有这样一曲如泣如诉的主题歌，可谓那个颠沛流离年代的最好写照：

收拾起山河大地一担装

去后方

历尽了

渺渺途程

漠漠平林

垒垒高山

滚滚大江

似这般寒云惨雾和愁苦

诉不尽国破家亡带怨长

雄城壮

看江山无恙

谁识我一瓢一笠走他乡

第四章 探寻遗迹听足音

一条铁路引出一个商埠，一个商埠改变一座古城。这条铁路就是胶济，这座古城就是济南。借由胶济铁路和自开商埠，济南的对外开放正式开始了，一跃成为山东内陆第一大商贸中心和华北地区重要的商品集散地，地域文化也更加开放、多元与包容。建筑是石头的史诗，是凝固的音乐，是世界的年鉴。如今，徜徉在历经岁月变迁的济南老商埠，徜徉在曾为青岛德华特别高等专门学堂的原胶济铁路管理局大院，探访一座座风格各异的老建筑，不仅能够听到车轮铿锵的历史足音，也能够看到波澜壮阔的历史风云……

汽笛唤来商埠开

一条铁路引出一个商埠，一个商埠改变一座古城。

这条铁路就是胶济铁路，这座古城就是济南。

商埠之于济南，可谓当时的"特区"。穿行在店铺林立的街道，闻听着车水马龙的喧嚣，你怎么也不会想到，110 多年前，这里只是几个零星散落的村庄和一片广袤的原野。

对商埠来说，所有的繁荣与喧嚣，都可以追溯到一个声音，那就是蒸汽机车的汽笛。虽然这声音有些单调，却石破天惊，开天辟地，推动了济南商埠的诞生。

火车来，商埠开。

不过，火车来得过于主动，商埠开得有些被动。对济南，进而对山东来说，火车是个"不速之客"。铁路进山东，绝非你情我愿、两情相悦，而是不容拒绝的"霸王硬上弓"。

这个"霸王"，就是远在欧洲的德国。

一

对于山东，德国早就垂涎三尺。1897 年，借口"巨野教案"，德国侵占了梦寐以求的胶州湾。

1897 年 11 月 1 日深夜，巨野县麒麟镇磨盘张庄内，两名德国传教士被杀。其实他俩死得有点冤，因为他们是来借宿的，刺客的真正目标是张庄教堂的德国神甫薛田资。那天晚上，薛神甫把自己的卧室让给了两位同道，无意中逃过一劫。

大难不死的薛神甫连夜跑到县城告官，第二天仓皇逃往济宁，电告德国驻华公使并转德国政府。

这就是历史上著名的"巨野教案"，也是德国侵略山东的导火索。

1898 年 3 月 6 日，德国迫使清政府签订了《胶澳租借条约》，允许德国在山东建设由青岛经潍县、博山和经沂州（今临沂）、莱芜到济南的两条铁路。后来只修了胶济铁路一条，胶沂济铁路没有修成。

因条约中有一个开"路"圈地的条件：允许德国在铁路两旁30 华里内开矿。由此开始了德国势力在山东的大规模扩张。

对德国来说，铁路无异于一辆开疆拓土的战车。德国驻上海领事就曾向其政府报告："将此路筑成，则我无穷之利益，皆在此铁路上。……盖我铁路所至之处，即我占地所及之处。"

以前，德国是通过枪炮实施军事占领；如今，德国是通过铁路实施经济掠夺。怎么办？时任山东巡抚周馥和前任山东巡抚袁世凯联袂奏请济南自开商埠。

一同开埠的，还有被郑板桥誉为"小苏州"的潍县，和被乾隆誉为"天下第一村"的周村。

意味深长的是，开埠日期，就选在了胶济铁路全线通车之前。

当年的《东方杂志》如此评论："德国尝以独占山东全省利益，屡向北京政府要求权利。其所经营者，著著进步。周中丞见此情形，深知其害，遂将济南、潍县、周村镇三处，辟为商埠。俾利权不至为德人所垄断。密奏朝廷，即获谕允，忽然宣布万国。德人闻之，亦惟深叹其手段之神速而未可如何也。设事前稍不谨慎，泄漏风声，德人必起阻挠。"

这一仗，他们打得很漂亮！成功地阻止了德国人利用铁路作为武器，在山东内地进行扩张的企图。

1904年6月1日，胶济铁路全线通车。

1905年2月，袁世凯与周馥、时任山东巡抚胡廷干等人拟定了《济南商埠开办章程》。这极可能是晚清自主开埠的各商埠中章程最为详尽而完备的。

1906年1月10日，济南正式举行开埠典礼。新任山东巡抚杨士骧莅临主持，两百多位来宾出席，其中包括七十位外国客人。

在德国学者余凯思看来："济南商埠及其周村、潍县两附属地属于中国政府在清王朝最后几年向国际商业贸易开放的最大商业

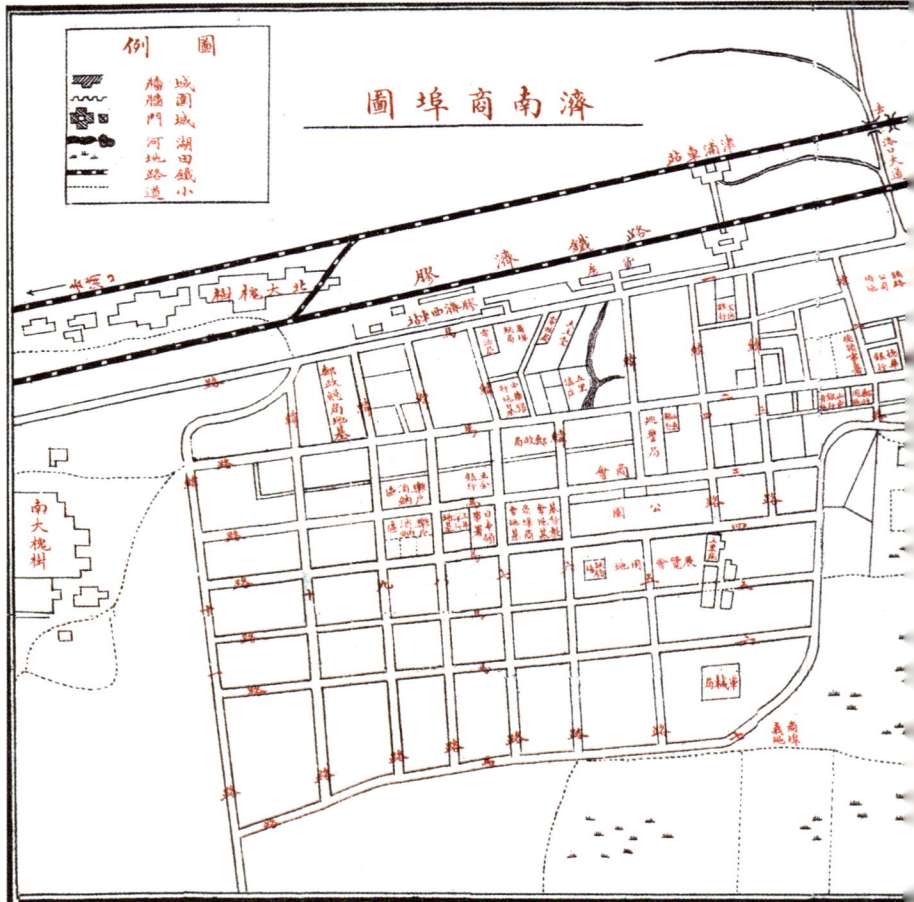

↑ 1914 年"济南商埠图"。来源:《济南指南》。

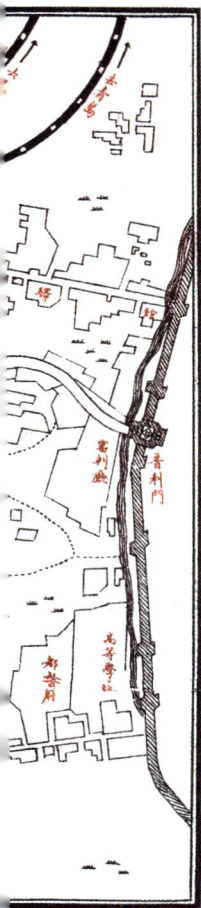

区，其设计规划远远超过其他自开商埠。中国政府显然想把'自开商埠'搞成一个堪与外国人控制的、'开放的条约口岸'相对抗的中国模式。"

中国科学院自然科学史研究所教授王斌认为："在一省之内同时开放三处商埠，在中国近代史上是绝无仅有的。这是当时山东省官府为防止因胶济铁路通车后出现德国利权扩大、中国主权再失状况而做出的重大决策。"

二

火车来，商埠开。尽管有些事出无奈，迫不得已，济南的开放正式开始了。

1905 年 11 月 15 日，一场盛大典礼在老城西关隆重举行。这天，济南正式开设"华洋公共通商之埠"。

济南商埠区划定在老城西关之外，东起十王殿（今馆驿街西口），西至北大槐树，南沿赴长清大道（今经七路一带），北至胶济铁路以南，东西长约 5 里，南北长不到 3 里，占地共 4000 余亩。

路名不仅是一个城市的方向标，更是一个城市的文明史。在这片新兴的热土上，如何给道路命名呢？

有人说，济南高度发达的纺织业给了规划者以灵感：长者为经、短者为纬，以喻把商埠织成锦绣。还有人说，那时济南的纺织业并不发达，规划者可能取"经天纬地"之意，以喻布局合理，井然有序，治理有方。可谓仁者见仁，智者见智。

在老城之外建新城，既保留了一个具有传统风格的老城，又容纳了一座体现西方近代风格的新城。这种新旧两城相得益彰、互不干扰的做法，可谓主政者的明智选择。

从济南开埠这一天起，济南老百姓的生活方式连同这座古城发生了根本性的变化。

1904年开埠前，进入济南的洋人外侨不过360人。开埠后的1918年，德、日、英、美、法外侨增至1005人。1928年，增至12个国家、3332人。4年后的1933年，则超过了1万人。济南人不排外，不欺生，敞开胸怀接纳着每一位来客，本地的，外地的，中国的，外国的。

各式建筑如雨后春笋拔地而起。哥特、罗曼、古典、摩登风格的建筑，以及日耳曼式、英吉利式、日本式建筑相继在商埠亮相。直到现在，这些建筑仍为商埠一景，尽管有的已经消亡。

商埠区出现了广货、百货、西药、五金、钟表、染料等新兴行业。济南的商品也开始漂洋过海，国际贸易日益兴盛。德昌洋行生产的发网（欧洲女子用于蒙面）更是远销欧洲，成为喜欢面纱女子的最爱。那是一种朦胧的美，也是济南的一种创造。

济南第一个外商银行——德华银行20世纪初在商埠区落户。此后，日本的朝鲜银行、横滨正金银行，法国与比利时合办的义品放款银行等纷纷登陆。1912年到1925年，济南的商办银行已达20家。

1905年，济南第一家民营企业——济南电灯公司创办。此后，仁丰纱厂、成通纱厂、成大纱厂、成丰面粉厂等民营企业纵横商海，叱咤风云。苗氏家族更是踌躇满志，雄心勃勃，积极开发大西北。济南瑞蚨祥则把商号开到了京、津、沪等众多城市。

济南开埠以后，新生事物层出不穷。这里诞生了第一家电影院、第一家西餐厅、第一座公园……穿洋服、买洋货、抽洋烟、吃洋餐，不仅是年轻人的追求，也成为当时济南社会的时尚。

西风东渐，欧陆风情，济南，这座有着高大围墙的封闭古城，开始睁开眼睛看世界，开始感受现代社会发展的脉搏。

从老城到商埠，是向现代文明的迈进。而从商埠到老城，则是向传统文明的寻根。

三

与传统的高墙深池、封闭保守的"围城"方式不同，商埠区采取了现代城市的开放格局。开埠之初，政府制定了很多优惠政策，吸引客商前来投资。

开埠前，济南是传统的政治中心，经济比沿海城市的发展滞后四五十年，只能算一个三流的商业城市。开埠后，山东政府迅速制定了大量"通商惠工"的政策，外国商业资本纷纷涌入。

1904年，德国的禅臣洋行首先在济南落户。到1919年，在济南设立总行、分行或代理处的欧美洋行已达15家。数不清的银行、洋行、老字号及商场纷纷在商埠扎堆。1927年，济南城关及商埠两地区的商户已达6700多家，成为清末城市"自我发展"的一个典范。

济南工商业在国内城市中的地位扶摇直上。民国时期散文家倪锡英在游历各大城市后，对济南商埠赞不绝口："市面的繁荣，比起南京的下关和杭州的新市场，要远胜数倍，竟可与青岛、天津相抗衡。"这可能是近代济南历史上最为风光的岁月。

中外资本的源源涌入，让济南自发而缓慢的原始积累过程，在开埠后急剧加速，这突出表现在工业的迅猛发展上。

继1905年济南第一家民营企业济南电灯公司创办后，济南顺理成章地拥有了第一家造纸厂、第一家机械厂、第一家机器榨油厂……

引进西方的生产方式，学习先进的管理经验，购买外国机器设备，聘请外籍工程师，几乎是早期的近代企业共同的经历，莫不体现着济南早期民族资本家们远见卓识的经营思想。

工业的发展给济南的社会形态带来了更加深刻的变化：行栈商人把积累的资本投资于工业，转变为民族工业资本家；手工业作坊里的徒弟进工厂开机器转变为工人；消费性城市转变为生产性城市。这种转型，意味着主导济南的经济力量已经发生了质的变化。

自开商埠，是济南由传统封闭城市走向开放和近现代化的开端，中外资本的汇聚，胶济、津浦铁路的通达，城市空间的不断拓展，经济和文化事业的兴盛，使济南由一个政治中心，一跃成为山东内陆第一大商贸中心和华北地区重要的商品集散地。

混沌乍开，风云激荡。内陆文明和海洋文明在这里交融，黄色文明与蓝色文明在这里对接，济南的文化更加开放、多元与包容。

大到一个国家，小到一个城市，都有自己独特的文化符号，这些符号是这个国家或城市最独特的东西。

有人说，济南是一座不南不北的城市，没有特点。其实，正因为不南不北，才能够融南汇北，兼容并包，兼收并蓄。大海不拒细流，故能成其大。泰山不却微尘，故能成其高。济南容纳百脉，才成就了天下泉城的大气象。包容，是济南这座城市最大的特点，也是这座城市最为人称道的精神图谱。

有了内心的包容，才有了外在的开放。有了包容的胸襟，才有了开放的气度。

开埠，让济南第一次成为全省的经济中心；开埠，让济南加快了走向现代化的步伐；开埠，让济南的城市魅力为更多的人所称颂。

如今，徜徉在历经岁月变迁后的老商埠，仍能感受其昔日辉煌带给这座城市的巨大荣耀。

尽管老商埠辉煌不再，但它延伸出的城建理念，延伸出的开放气象，延伸出的包容精神，至今都值得人们传承借鉴。

它是一坛用百年文脉酿造出的陈年老酒，愈陈愈浓，愈品愈香……

经纬交织异国风

经纬交织，状如棋盘。特色建筑，隐映其间。漫步在济南商埠区，不经意间，异国风情的建筑会穿过梧桐树叶，深深地向你凝望。驻足倾听，你会听到她在隐隐地诉说着陈年往事……

一

火车来，商埠开，就先从火车站说起吧。

济南商埠曾经有两座火车站，一座稳健，一座灵动，风格迥异，耐人寻味。

津浦铁路济南站，具有浓郁的巴洛克风格。巴洛克风格的主要特点是追求曲面、曲线，喜欢出奇制胜、标新立异。津浦铁路济南站形象地诠释了这一点：塔形钟楼、圆形屋顶、拱形门窗、花边墙壁，宛如精巧的"积木"，高低起伏，错落有致。

胶济铁路济南站，位于津浦铁路济南站南侧、经一纬三路口北侧，敦实厚重的蘑菇石墙基，修长俊美的爱奥尼克石柱，体现出对称、统一、稳定的德国古典复兴晚期建筑风格。

与胶济铁路济南站有关的建筑，是胶济铁路高级职员公寓，位于经一路、纬二路、车站街交叉的三角地带。这座建筑室内最精巧的设计，莫过于嵌入墙角中心的德式圆形壁炉，可同时供相邻4个房间取暖，而且不占空间。济南考古研究所所长李铭认为："经历战争后，这种壁炉在德国本土也不见得有了。"

说到铁路高级职员住宅，不能不提济南火车站东侧的两座"姐妹楼"，也是日耳曼风格建筑，为当时津浦铁路高级职员公寓。津浦铁路济南站的设计者、著名建筑师赫尔曼·菲舍尔先生就曾居住在这里。

津浦铁路全线通车100年后，一位德国人专程来济南寻根。她就是赫尔曼·菲舍尔的孙女西维亚女士。

2012年12月8日上午，西维亚夫妇专程来到这座建筑前，陪同他们的是山东建筑大学副校长刘甦、副教授姜波。此前，西维亚把爷爷在济南的故居照片通过网络发给姜波。姜波等人经过仔细比对，确认这里就是当年菲舍尔的家。

西维亚非常激动，和丈夫一道仔细参观每一个房间，不放过任何一个细节。她轻轻抚摸着百年前的楼梯，仿佛感受着百年前爷爷奶奶的余温，禁不住热泪盈眶。

这栋房子至今保存完好，房前百年的皂角树也依然挺拔茂盛。

⊕ 济南原胶济铁路高级职员公寓。姜艾勇 / 摄

⊕ 济南原津浦铁路高级职员公寓（西楼）。姜艾勇 / 摄

在济南期间，菲舍尔还设计了津浦铁路局济南机器厂（俗称"济南铁路大厂"）办公楼。这座办公楼现为厂史展览馆。济南铁路大厂是山东省第一个企业党支部和第一个产业工会的诞生地，因此它也被冠以"红色大厂"的美誉，现为山东省党史教育基地。厂内保存大量德式建筑群，其工业遗产入选全国工业遗产保护名录。

纬一路北头、馆驿街西头的一座建筑与铁路大厂办公楼有些相似，也是津浦铁路的产物，最初为津浦铁路北段总局驻济南办事机构，1922 年改为津浦铁路宾馆。孙中山、胡适、泰戈尔、徐志摩等名流要人曾先后在此下榻。

津浦铁路宾馆有一个鲜为人知的细节：屋檐下饰有橡树叶。在西方文化中，橡树是圣树。德国人对橡树叶抱有强烈的感情，视为荣耀和力量的象征，把它装饰在各种勋章上，铸造在欧元硬币上。

1937 年日军侵占济南后，这里成为日本特务机关——"樱花公馆"，而地下室就是关押中国人的水牢。它见证了日本侵华的罪恶。

交通与邮政密不可分。位于经二路的山东省邮政管理大厦，是一座法国古典主义风格建筑，顶部的红色望楼饰以绿色琉璃，是商埠区最高大的建筑物之一，与北面的津浦铁路济南站钟楼遥遥相望。

民国时期济南著名的飞贼"燕子李三"为躲避追捕，就经常躲藏在邮政大楼顶部的塔楼内，更为邮政大楼增添了几分传奇色彩。

这座建筑曾给年少的季羡林打开了域外新视野。

1926 年，15 岁的季羡林考入山东大学附设高中一年级，开始

⊙ 津浦铁路宾馆，孙中山、胡适、泰戈尔、徐志摩等名流要人曾先后在此
下榻。

从日本东京的丸善书店买英文书读。他在《学海浮槎》中这样写道：

> 每次接到丸善书店的回信，我就像过年一般欢喜。我立即约上一个比较要好的同学，午饭后，立刻出发，沿着胶济铁路，步行走向颇远的商埠，到邮政总局去取书，当然不会忘记带上两三元大洋。走在铁路上的时候如果适逢有火车开过，我们就把一枚铜元放在铁轨上，火车一过，拿来一看，已经轧成了扁的，这个铜元当然就作废了，这完全是损人而不利己的恶作剧。要知道，当时我们才十五六岁，正是顽皮的时候，不足深责的。

商埠的车站和邮局，不仅让季羡林，也让古城济南，通过快速便捷的铁路和邮路，连通了外面的世界。

二

在这座大厦北面，是济南最早的外国领事馆——德国领事馆。

1905 年 6 月，一面济南人少见的三色旗突然出现在经二纬二路西北的二层别墅上，继而人们发现：别墅不仅挂起了德国国旗，还挂起了德国领事馆的牌子。

当时日本的《中外时报》称，德国"欲以山东全省为己之殖民地、附庸地，特设官于济南"。

随着领事馆的开设，德国先后建立了礼和、义利、太隆等十余家洋行，经营电料、颜料、五金和军械等商品，逐渐控制了商埠地区的经济，成为德国在山东攫取利益的桥头堡。

可惜，位于经二纬一路东南角的义利洋行——这座建于 1911 年、与津浦铁路济南站差两岁的建筑，2008 年 7 月被拆除。拆除的不仅是建筑，还有附着于建筑之上的记忆。

在德国领事馆东侧、与德国领事馆一路之隔的德华银行济南分行，是济南开埠后第一家外商银行。总部设在柏林的德华银行，是投资胶济铁路的 14 家大型银行之一。这座建筑见证了这家银行的实力。

建筑十分精美：八边形塔楼，圆券式外柱廊，双层变折式屋顶，云形自由阶梯状的山墙和几个高低、大小、位置不同的尖顶，组成了这座建筑丰富的表情。其丰富程度，堪与津浦铁路济南站相媲美。虽历经百年，但魅力依然。

随着商埠的逐渐兴旺，号称"日不落帝国"的英国也开始大量注资。1913 年，英国亚细亚火油公司落户商埠。此后，英国总领事馆也从南新街迁至商埠，与亚细亚火油公司"抱团取暖"。继而，英美烟草公司、太古洋行、祥太木行也纷纷在商埠安家，一时间垄断了济南的煤油、卷烟、白糖和木材市场。

在济南的德、英、美、日四大领事馆中，英国总领事馆建筑体量最大。可惜的是，这座有着重要历史价值的建筑，于 2012 年 5 月被拆除。

西洋古典风格的亚细亚火油公司也于 1998 年被拆除。

⊕ 原德华银行济南分行，是济南开埠后第一家外商银行。

1914 年，日德在山东交战，德国战败，其在山东的势力范围被日本强行取代。随后，日本在经三纬七路建起了自己的领事馆（现为济南饭店）。领事馆建成后，日商洋行后来居上，全面超过德国。

紧接着，美国领事馆落户经七小纬二路。此后，美商相继成立了恒丰、德士古等连同美孚共计 7 家洋行。

梳理这段历史，让人深深地感受到，领事馆与洋行，权力与资本，政治与经济，总是如影随形，密不可分。

随着西风东渐，基督教传至济南。位于经四路中段路北的基督教自立会礼拜堂，建筑面积 1300 多平方米，可容纳 1500 余人，为济南市基督教堂之冠，是第一座完全由中国人投资、设计、建造的大型基督教建筑。

这座以西洋古典风格为基础的建筑，有两座方锥形塔楼，反映了设计者中国牧师李洪根自己的喜好，可谓西洋建筑的中国化。

三

有人说济南保守，可济南商埠建筑却呈现出兼收并蓄、百花齐放的开放气象，不少优秀建筑就是中西合璧的杰作。

20 世纪 30 年代，民国时期散文家倪锡英在游历济南后认为：简单、大方、宏伟、美观，这八个字，唯商埠地的建筑可以当之。

再回首，已是百年身。随着商业中心东移，曾经风情万种的济南商埠，就像一位迟暮的美人，很少有人青睐。好在，济南槐荫区已经认识到她的价值，着力打造"百年商埠风情区"。

重新打造的老商埠商业街，保留着许多古建筑，并将现代工艺与原有的古迹巧妙地融合在一起，风格错落有致。漫步在老商埠街区，依稀能捕捉到老济南的历史文化风韵。

政府部门已对纬六路老洋行（山东丰大银行）、经二路百年老字号"宏济堂"和"阜成信"棉花行、经四路的基督教堂、德国礼和洋行等历史文化古迹进行了全面保护、修缮和开发。

德国礼和洋行一楼，变身为"济南商埠文化博物馆"。袁世凯、周馥关于济南等三地自开商埠的奏折及批复，1925年手绘的《商埠区境界全图》等200多件实物，述说着济南商埠一百多年的兴衰历程。

经二纬七路西的英国烟酒糖茶专卖局，变身为文化气息浓郁的"羲古会馆"。2012年5月开馆时，200多件精美展品，特别是南宋定窑"孩儿枕"、三星堆玉器等十几件国宝级文物，让参观者大开眼界。

商埠是近代济南拥抱现代文明的一个结晶，尽管落满厚厚的尘埃，但只要轻轻拂拭，细细打磨，就一定会焕发出夺目的光彩。

↑ 济南基督教自立会礼拜堂，外观以西洋古典手法为基础，并掺杂了一些
其他建筑风格的处理手法，为山东省历史优秀建筑。

济南老站双雄会

相隔仅 300 米，却建有两座大型火车站，且互不通车。这种格局既不经济，也不合理，在中国铁路建筑史上极其罕见，在国际上也少有先例。可这样的咄咄怪事百年前竟然在济南发生了。

这就是胶济铁路济南站和津浦铁路济南站。

一

胶济铁路建设期间，津镇铁路还在酝酿之中。当时，德方有一个如意算盘：今后胶济铁路与津镇铁路并轨。

需要补充说明的是，津镇铁路，即清政府 1898 年批准修建的天津—镇江铁路，直到十年后才开工。此时沪宁（上海—南京）铁路即将竣工，为了与之连接，清政府决定将津镇铁路的南端西移至浦口，于是，"津镇铁路"变成了后来的"津浦铁路"。

1903 年，山东铁路公司在规划济南府车站的时候，鉴于济南的扩张及日后与其他铁路的连接，决定在济南建东、西两座火车站，并通过谈判获得了清政府的同意。济南东站就是现在的黄台车站，济南西站位于经一纬七路口北侧。

在济南建东、西两座车站的方案确定后，山东铁路公司又面临一个问题：选择济南东站还是济南西站作为胶济铁路的中央车站。

这一问题被提交到胶澳总督特鲁泊那里。特鲁泊的立场是，所选车站要能确保胶济铁路对当时尚在筹建中的津镇铁路产生较大影响。由此，他主张把济南东站作为中央车站。这样就能迫使津镇铁路经过胶济铁路的一部分，从而影响或控制这条中国国有铁路；若把济南西站作为中央车站，胶济铁路就会完全处于连接南北的铁路线之外，从而降为一条支线铁路。

但山东铁路公司没有采纳特鲁泊的主张，而是决定把济南西站作为中央车站，因为从技术和土地条件考虑，津镇铁路的列车进入济南东站困难较大，在这种情况下，若选择东站作为中央车站，很可能会产生津镇铁路的列车完全接触不到胶济铁路中央车站的情况。

事实证明了山东铁路公司的预见。后来的实际情况是，津浦铁路根本就没走黄台，而是从西部垂直距离 4 公里处经过。

二

在中央车站的地点确定以后，山东铁路公司立即行动起来。

⊕ 胶济铁路济南站，位于经一纬三路口北侧，1914 年扩建，1915 年竣工，现为胶济铁路博物馆。

他们在规划济南西站时，把它作为胶济铁路和津镇铁路的共用车站来考虑，购买了一处长 1850 米、宽 300 米的大块土地。

从 1914 年出版的《济南指南》的"济南商埠图"中，可以看到"胶济西车站"的标注位于经一纬七路口北侧，在"津浦车站"西南方。

当时的山东巡抚周馥是一位非常开明的官员，他也认可把胶济铁路济南西站作为日后津镇铁路的车站。济南西站的轨道之间暂时保留了必要的空隙，以便日后需要时能插入津镇铁路的轨道。

有了巡抚衙门的认可，这事儿看来好办了。在山东铁路公司看来，还有一个可以施加影响的优势。

1903 年，德国成立了以德华银行为首的德华铁路公司，负责津镇铁路北段的建设。这家公司的领导人正是山东铁路公司柏林管理层成员。1904 年 6 月胶济铁路建成通车后，山东铁路公司的 14 名工程技术人员参与了津镇铁路北段的勘测任务。1908 年津浦铁路正式动工后，主持北段勘测工作的人叫锡贝德。而锡贝德正是胶济铁路首任负责人锡乐巴的弟弟。

尽管因中国收回路权运动，德国被迫于 1908 年

⊕ 津浦铁路济南站，始建于 1908 年，竣工于 1911 年，由德国著名建筑师赫尔曼 · 菲舍尔设计，是中国当时可与欧洲著名火车站媲美的建筑，在中国近代建筑史上占有重要地位。

让出了津浦铁路的建设权和经营权，山东铁路公司仍相信两路共用济南西站是理所当然的事情。他们在给德国驻京公使的信中写道：

将国有铁路（指津浦铁路）的车站设置在山东铁路终点站附近或者与其完全分开，这一安排……完全行不通。可以预见，这种安排会由于乘客从一站换乘至另一站，以及由于困难麻烦的货物转运，对公共交通和两个铁路管理机构而言都是最不利和最麻烦的，绝不符合目的。

公正地讲，这种说法很有道理。因为国际上也少有先例。无怪乎他们在信中说：

与其他国家一样，在德国，大部分铁路管理部门要用更大的花费，将一个城市里位置分离的火车站相联合以方便交通，并将车站置于共同管理之下以节省费用；如果国有铁路对济南西站建设时所规划的共用车站成为问题的话，不仅对我们的铁路，也对国有铁路是一个很大的错误。

按照德国人的估计，津浦铁路若建一座独立的车站，即使铺设较轻的轨道，至少也要花费三四十万马克。如果使用现有的胶济铁路济南西站，清政府的这笔钱完全可以省下。

让德方没料到的是，中方并不领情。是什么让中方"固执己见"？其实德方心里也明白：中国人为争取独立自主和不依赖外国人，即使建一座自己的车站要额外花很多钱，也不是不可能的事。

很不幸，他们猜对了。尽管双方进行了长时间协商，始终未能达成一致。到1910年，山东铁路公司终于意识到不太可能共用济南西站了。中国方面为有效控制津浦铁路路权，不让德方染指，最终决定在胶济铁路济南西站的北侧另建车站。

在对济南历史很有研究的美国著名历史学家、威斯康星大学教授鲍德威看来："由于中国担心德国军队攻打北京，所以希望让两条铁路保持分离，以防备德国人的突袭。"

我想，这可能是1900年八国联军攻打北京的余悸使然。八国联军的总司令，就是以政治手腕著称的德国陆军总参谋长瓦德西，他曾促使德皇威廉二世解除"铁血宰相"俾斯麦的职务。

瓦德西在华不到一年的时间里，指挥军队侵犯山海关、保定、正定以及山西境内，并以强硬态度迫使以庆亲王奕劻和李鸿章为首的中国使团接受4.5亿两白银的赔偿要求，即12亿帝国马克。

在这期间瓦德西到过青岛。1901年3月16日他到青岛时，胶济铁路已经开工18月有余。他在《庚子回忆录》中说："现在铁路上工人车辆，已可开至胶州，预计该路不久可以达到高密。"

让我们再来关注特鲁泊那句意味深长的话："（通过胶济铁路济南站的选址）影响或控制这条中国国有铁路。"不难想象，一旦德方如愿以偿，极有可能卡津浦铁路的脖子，进而卡中方的脖子。

可以说，津浦铁路济南站的修建，政治因素的考量远远大于经济因素。

三

精美的、堪称经典的津浦铁路济南站一经诞生，便让规模较小的胶济铁路济南西站相形见绌。最初的胶济铁路济南西站，仅仅是朴素低矮的平房。

德方不甘落后，为了与中方抗衡，决定扩建胶济铁路济南西站。

有意思的是，扩建地点不是选在津浦车站西南方向的原址——经一纬七路口北侧，而是选在了津浦车站的正南面——经一纬三路口北侧。而且越来越近，相隔仅 300 米。

这种选址似乎不太厚道，因为这挡住了津浦铁路济南站的风头，俗话说"抢镜头"。然而细想之下，也不尽然，这样可以方便旅客换乘，毕竟换乘距离是越近越好。

意味深长的是，在扩建这座车站的时候，德国把象征荣耀的铁十字勋章图案镶嵌在了大厅的地面上，至今犹存，清晰可见。

津浦铁路济南站和新的胶济铁路济南站，是中德双方各怀心思、相互较劲的产物。从 1914 年的"济南商埠图"中，可见两座车站南北并立、两条铁路东西并行，真有点儿老死不相往来、抗膀斗气的味道。

就在德方大兴土木、奋起直追的时候，一场意想不到的战争——日德青岛战争——让他们梦碎中国。

1914 年 8 月 23 日，日本趁德国陷入欧战、无力东顾之机，对德宣战。11 月，胶济铁路全线落入日军之手。

日本在接手胶济铁路的同时，也把德国未完工的胶济铁路济南站扩建工程接了过来。1915 年，车站竣工。

由两个敌对国家在第三国接续完成一座车站的建设，这在铁路建设史上极其罕见。

同样，在一座省会城市，两座大型车站如此接近，又如此对立，这在车站格局中同样极其罕见。由此，也造就了一道国内外少有的城市建筑奇观。

1937 年日军侵占济南后，出于分区管理的需要，1940 年把两座车站正式合并，这道奇观也随之消失。自此，津浦铁路济南站成为两路共用的车站，也就成为许多人心中的"济南老站"。而原先的胶济铁路济南站也就在旅客视线中消失。不过，胶济铁路济南站如今化身胶济铁路博物馆，一道众人瞩目的新景观随之诞生。

百年老钟成绝响

俄国文豪果戈理曾言："建筑是世界的年鉴，当歌曲和传说已经缄默，它依旧还在诉说。"那些完好的古建筑自不待言，那些被毁坏的古建筑，依旧在诉说，比如断壁残垣的圆明园。

即使古建筑已不复存在，它依旧在诉说，在老照片上诉说，在历史典籍里诉说，在人们的心头诉说，比如已不复存在的济南老火车站。

济南老火车站是一组具有浓郁日耳曼风格的建筑群，不论是群体的组合，还是建筑个体的造型，乃至精美的细部，都不愧为 20 世纪初世界优秀的交通建筑，是当时中国可与欧洲著名火车站相媲美的车站建筑作品，在中国近代建筑历史上占有重要地位。

那高高的钟楼处在视图的中心，是整个建筑最为精美的所在。自 1911 年建成那天起，那悠扬的钟声就响彻在老济南人的记忆里。

它像一位历经沧桑的老人，目睹了近一个世纪的风风雨雨。

☺ 济南老火车站钟楼是整个建筑最为精美的所在。

1925 年 5 月 27 日，一场盛大集会在钟楼前举行，标语横幅上写着"迎梓宣传纪念大会"。这天，载有孙中山灵柩的列车途经济南。

三年后的 1928 年 5 月，国民革命军"二次北伐"，威风凛凛的军列挺进了济南火车站，看到了济南站钟楼那挺拔的身影。

此前，老钟还目睹了山东军务督办张宗昌乘火车仓皇逃跑的狼狈。

随后，济南"五三惨案"爆发，驻天津和青岛的日军分别乘火车向济南集结，高高的钟楼目睹了日军的血腥屠杀。在这场日寇造成的惨案中，中国民众 6123 人死亡、1770 人受伤。

1932 年 9 月，张宗昌想回济南东山再起，结果被国民党山东省政府主席韩复榘设计枪杀于济南站。这一幕，又被老钟清清楚楚地看在眼里。

1948 年，济南战役期间，济南站再次遭到战火破坏，钢轨扭曲，车辆倾覆，但钟楼依然巍然耸立。

老钟第一次在电影中亮相，是 20 世纪 60 年代拍摄的《大浪淘沙》。在 20 世纪 70 年代拍摄的电影《济南战役》中，老钟再次走进观众的视线。

一

周东岩，济南电务段仪表工区退休职工，从 1963 年起就负责老钟的维护工作。2009 年，他在接受采访时说："我刚上班的时候，就听老师傅讲，解放济南的时候，有好几发炮弹打到钟楼上，钟楼都纹丝不动。"用现在的话说，可谓"楼坚强"。

据有关专家分析，济南火车站的抗震强度可达 7 级。自该站通车到拆除，有十几次地震波及济南地区。其中震级较高的是 1937 年和 1966 年的地震。据老人回忆："1937 年的那次地震比 1966 年的地震严重，而且发生了多次余震，很多房屋倒塌，而济南火车站的钟楼却安然无恙。"

个中秘密，直到 1992 年拆除济南火车站时才被揭晓：钟楼内部，很多地方不是用钢筋加固，而是用"工"字形铸铁加固。

当年在施工之前，工匠们根据设计要求，将内墙的石料上凿半个"工"字形石槽，将外墙的石料上也凿半个"工"字形石槽，然后向"工"字形槽内铸铁，"工"字形的铸铁件能够起到强有力的拉结作用。

因地理位置重要，老钟成为重点保护对象。除公安人员和维修人员，不准任何人上去。

周东岩精心呵护老钟近 40 年。他说："钟摆上有一个小薄片，因时间长了，磨坏过三四回，我就自己制作一个换上去。钟表走得很准，一个星期甚至一个月都不用对表。"

周东岩一个星期给大钟上一次弦。每次上弦，得把两个砣抱上去，一个砣大约重 100 斤。上完弦，他再把表擦得干干净净。

他对老钟的内部结构了如指掌："表的中间有一个涡轮，这个涡轮带动四个立轮，一个立轮带动一面钟，四面钟分毫不差。"

许多人或许想不到，那轻轻跳动的指针，居然有着沉甸甸的份量。周东岩说："时针 9 斤，分针 12 斤，都是铸铁的。"

周东岩的同事朱皖济至今记得当初工作的场景："每个周六上午，我们从取票口那里上钟楼，爬上钟楼顶，用镶着金属猫头鹰的木质大摆杆调准时间，拿出摇柄，插到机器里给钟表上弦。"

周东岩还有一位同事叫曹立沛，1958 年入路，1963 年开始从事钟表维修工作，不久曹立沛当上了小组长，负责维护保养济南站大钟。

"一天 24 小时，1440 分钟，误差 1 分钟就定为'事故'进行分析。"这让曹立沛深感责任重大。

那个年代，手表、怀表都比较紧缺。旅客们只有看着大钟掌握乘车时间。为了精确核对时间，曹立沛自费托人购买了一台收音机。

曹立沛当时住的地方离火车站较近，每天早晨 6 点起床，7 点之前梳洗完毕，吃完早饭，拿着怀表，等着收音机里"北京时间 7 点整"的报时，精确核对时间后，一脚迈出家门，直奔济南站。

到济南站大约是 7 点 20 分，他仔细地看着大钟分针移动的瞬间，和自己的怀表精确核对时间。如果发现大钟的时间快了 30 秒，他就爬上钟表楼，将正在摆动的木质大摆杆停下来，等大钟时间和怀表时间一致时，再迅速启动。如果发现大钟时间慢了 30 秒，他就用手拿着大摆杆，"咔嗒咔嗒"快速运动几下，这叫"赶时间"。

根据多年的经验，曹立沛发现，季节交替和大风、大雨、大雪天气时，大钟误差较大。越是这个时候，他越不敢怠慢。后来家搬远了，他就提前起床，和中央人民广播电台的"北京时间6点整"核对时间，然后6点30分赶往火车站。长年累月，风雨无阻。

近30年核对大钟时间，曹立沛从未发生过一次差错。他说，大钟代表着铁路的形象，也代表着济南的形象，马虎不得。

在曹立沛的记忆里，大钟在1964年、1968年、1972年共大修过3次，一次大修需要15至20天。每次都需要把全部配件拆下来，先用汽油进行清洗，然后一个个进行检查，发现磨耗的立即进行检修处理。

因为大钟没有保护层，时针、分针、表盘暴露在空气中，极易造成腐蚀。每次维护保养，曹立沛先将表针用细砂纸轻轻打磨除锈，然后再进行刷漆处理。就连表盘上60个小格的白底黑线，也是曹立沛一点一点描上去的。由于线条长短、粗细不一，既要求精准，又要求精美。曹立沛先用铅笔画好格子，再用毛笔一点一点描画。整个过程就像"绣花"，一天下来，脖子、胳膊、眼睛都累得酸酸的。

自大钟1911年诞生以来，有多少专业人员为之付出，为之努力，已无从可考。他们就像大钟走过的脚步，没有留下任何足迹。

二

很多人认为，硕大的钟表定是来自于德国。其实不然，它来自英国，和英国伦敦国会大厦上的钟表是孪生姊妹，是通过招标竞争才来到中国落户的。

精美的钟楼成为济南的标志性建筑。许多外地人正是先认识了钟楼，才记住了济南老火车站，进而记住了济南。

周东岩说："那时候的旅客，不论外国人也好，中国人也好，来济南都要到钟楼前照个像，留作纪念。"

如今，老钟不仅保存在各地旅客的相册里，也保存在老济南人的记忆里。

一位叫金志明的花甲老人，甚至用了近三年的时间，用红木雕刻出惟妙惟肖的济南老火车站。期间一次又一次反复，一次又一次加工。

出生于济南的山东作家、中国残联主席张海迪，在她的《一个记忆中的火车站》中也对老钟表达了深深的怀念。

那天，我忽然想起童年的火车站。渐渐地，我听不见大家在说什么了，却恍惚听见从遥远的地方传来一阵钟声，那是从火车站的钟楼上传来的，当当当……小时候，母亲经常带我坐火车到北方和南方看病找医生，每次都在济南火车站等车。

它有塔形钟楼、圆形屋顶、拱形门窗、花边墙壁、石头台阶，是一座美丽精致的建筑。那高高的钟楼体现了欧洲中世纪的宗教理念，圆形楼顶又体现了罗马建筑的风情。钟楼的四面各装有一个圆形的刻有罗马数字的时钟。我很喜欢济南火车站的钟声，它是那么深情而悠远。每次离开家，火车开动的时候，那当当的钟声总是让我很伤感，而回家进站时，那钟声又让我感到温暖和踏实，特别是看到父亲在站台上的身影，我的眼泪就会流下来，这个有钟声的城市就是我的家啊！

然而，在风雨中挺立了80多年的老钟，却在1992年车站扩建时轰然倒下。1992年7月1日8点05分，精准的老钟永远停止了转动，从此淡出了人们的视线，退出了历史舞台。

精心呵护老钟三十多年的周东岩、曹立沛，接到上级命令，不得不亲手拆了它。那种心情，让他俩痛苦万分。周东岩说："当时再难过也白搭，拆就拆了。对济南真是一个很大的损失！当时我们班组去了20多个人，把拆下来的部件进行了统计、编号，然后上交，所有零部件一个都不少，希望将来有一天，在某个地方能把它组装起来。"

让周东岩遗憾的是，老钟再也没有站起来。伴随着老钟的拆除，他也提前退休回家。和许多老济南人一样，他始终牵挂着老钟，思念着老钟，盼望着老钟有一天能够重见天日。

老钟，保存着济南的记忆。失去记忆的城市将失去魅力。曾经见证近代济南百年史的老钟，从此化作一缕云烟，永久退出了历史舞台。凄风苦雨中，多少繁华如梦，曾经万紫千红，随风飘落……

⊕ 津浦铁路济南站大钟残件，现收藏于胶济铁路博物馆。韩勇／摄

三

随着社会的发展，特别是对历史建筑认识的提高，许多年后，济南意识到自己错了，开始寻求改正。

2010 年，济南"两会"期间，济南市政协委员、济南四建集团副总经理崔安远提出了复建济南老火车站的建议。

2012 年，济南市人大代表、天桥区城乡建设委员会主任刘敬涛等 11 人又提交了《关于加快火车站北广场建设及原钟楼复建的议案》，呼吁尽快启动济南老火车站重建。

2013 年，提案终于落地。地方政府开始推动这一项目。2014年 6 月 25 日的《济南时报》发出了《阔别 22 年 老火车站钟楼待重生》的报道。报道说："2013 年 8 月，有关方面对外公布，将投资 15 亿元修建济南火车站北广场，并复建老火车站钟楼及行包房。"

不料这一报道引起轩然大波，一时间热议纷纷。赞成者认为，国外已有先例。反对者担心，难免形似神亡。

支持者中比较有影响的人物，就是山东中国文学艺术博物馆馆长徐国卫。"老火车站在济南人民心中，完全可以当一张城市的名片。难道名片毁坏之后不能重新恢复吗？"他说，"复建之后，一百年二百年以后，我们的子孙再看的时候，它就是在那个年代拆掉又被重建的一个完整的历史记录，能够弥补城市变迁的印痕和符号。"

徐国卫收藏有济南老火车站的设计图，并远赴德国拜访过设计者菲舍尔的孙女西维亚女士。2012 年，经由徐国卫牵线，西维亚女士带着她的祖父当年拍摄和收藏的与老济南有关的照片资料踏访济南。徐国卫认为，复建济南老火车站，还有可能增进中德之间的友谊。"假如老火车站能够复建，我建议一定要留出专门的空间来展示这些珍贵资料。这样我们济南的城市发展、历史记录就有了立体式的感觉和再现。"

也有许多人持不同意见。

山东意匠建筑设计有限公司董事长刘奎认为，老火车站已经不具备复建条件，可用更多其他的方式来留住老火车站的美好历史。他说："当年拆除老火车站，显然是决策的失误，基于此，今天我们不管用什么方式纪念，警示应该是核心意义，所以我们可以用不同的方式、手段来实现这个意义，并非只有复建才有意义。比如，我们可以围绕老火车站挖掘众多第一手资料，抢救有关老火车站的历史记忆。"

刘奎认为，如果选择复建老火车站来实现纪念和警示的意义，也需要考虑是否具备复建条件。复建，第一是要在拆掉的原址重建，第二是要有详细的测绘图纸、建筑材料。但现在就可触摸的材料而言，只剩下当年钟楼上的那口钟了。

不少人拿重建后的华沙古城为例支持老火车站的复建，刘奎表示："华沙古城的重建的确非常成功，而且也被评为世界文化遗产，但第一，华沙古城毁于'二战'战火，其破坏是在一定时间和范围内，而且大量的建筑石材都没有丢失；第二，为了重建古城，他们在全世界范围内广泛征集有关古城的文献资料，据说各种文字和照片的资料就堆满了好几个仓库；第三，华沙古城的重建是被当作国家行动来展开的，而济南老火车站不具备这样的复建条件。"

2016 年 12 月 20 日的《人民日报》也发表标题为《复建济南老火车站：历史文物不能靠复制救回》的评论。评论指出："当初的粗暴拆除，事后证明是一个无知且短视的重大失误。想复建出于怀旧也好，出于纪念也罢，这种情感是可以理解的。然而，历史建筑其实不可再生。面临损毁的建筑，可以秉持修旧如旧的原则，做一定程度的修复，但这和重建一座'赝品'老车站，还是不同性质的事情。"

这样的复建，正像老车站工作人员说的，"拆了真的，建个假的，有什么意思呢？就是个赝品"。失去文化意义，最多成为摆设，聊以自慰罢了。

对历史文物本身的保护固然重要，但更不可或缺的，是对先人曾经走过的那段历史心存敬畏。不关注历史文物背后的文化血脉，强拆和重建，其实都是展现当代人文化强权的一种方式。从技术上讲，将来只要留有图纸，也许什么样的楼房都可以复建，但它身上承载的历史和文化却难以重现。文化传承和历史积淀有它自己的足迹，不是一朝一夕形成的。倘若以为靠一笔巨资投入和一堆建筑材料，就能连通历史、追续文脉，文物恐怕将沦为现代人的玩物。倘如此，即便圆明园、阿房宫重新矗立在那里，还是它自己吗？还能有当年的气度吗？

　　保护文物的背后是敬畏历史，不可因为技术进步而盲目自大，而要遵循文化建设的内在逻辑。建筑作为历史的见证、时代信息的载体，承载着不同时期的城市传奇，记载着建造年代的科技教育、文化艺术、政治伦理、民俗风情、经济财力等诸多方面的内容。复制品，能承担起这个重任吗？

　　历史无法重写，时间无法倒流。就把济南老火车站的消失，作为一次惨痛的教训吧。相见不如怀念，把老火车站的美好留在心中，努力去保护现有的文物和老建筑，或许是更为急迫的问题。

德华学堂随风逝

在青岛火车站西南方直线距离约 600 米处，坐落着一幢米黄色的德式建筑，四坡斜顶，石砌门套，花岗岩石基，花岗岩窗台；中为正门，左右对称；正门前有 8 层台阶，呈梯形，三面分布。1923年 1 月 1 日，中日双方在这座建筑内举行胶济铁路交接仪式，仪式之后举行合影，合影地点就是在这 8 层台阶。

走近台阶，会看到门口右侧挂有两块牌子，一块写着："历史优秀建筑，德华高等学堂旧址，朝城路 2 号，建于 1907—1912 年，德式建筑。德华特别高等专门学堂是青岛第一所高等学府。青岛市人民政府，2003。"另一块写着："全国重点保护文物单位，青岛德国建筑群，德华高等学堂旧址。中华人民共和国国务院 2006 年 5月 25 日公布，青岛市人民政府立。"

这座建筑是胶济铁路历史的重要见证。初为德华特别高等专门学堂。1915 年 3 月，日军在此设立山东铁道管理部，9 月改称山东

⊕ 曾经的德华特别高等专门学堂，现为青岛车务段办公楼。于建勇／摄

铁道部。1923 年 1 月，北洋政府在此设立胶济铁路管理局。1949 年 8 月，华东铁路管理总局在此设立青岛铁路分局。2009 年底，济南铁路局青岛西车务段搬迁至此。2021 年 5 月 1 日，青岛西车务段更名为青岛车务段。

这座建筑是中德政府合办的第一所高等学府所在地。20 世纪初，德国在中国建了两所学堂：一所是上海同济大学前身——同济德文医学堂，这是民办的；一所是青岛特别高等专门学堂，这是官办的。如今，前者依然星光灿烂，后者却消失在历史的长河中，唯有留下这座百年建筑，印证着这段虽然短暂却波澜壮阔的历史。

一

1905 年 9 月，清政府废除科举考试，鼓励兴办新式学堂。同年 12 月 6 日，设立学部，标志着我国延续 1300 多年的科举制度正式结束，近代教育由此开始。

这个具有划时代意义的教育改革，为德国在华推行殖民文化政策提供了千载难逢的契机。

军事上的强权政治和经济上的赢利追求，必然引发文化的扩张。1905 年，以德国海军署国务秘书蒂尔匹茨为代表的一批德国政要，开始调整对中国尤其是青岛乃至山东的殖民政策。

1906 年，德国成立了促进德意志在中国的文化工作委员会，并思考如何使"德国的知识和德国的精神……贯彻到经济上依赖青岛的腹地中"。胶澳租借地发展的真正目标被定位于建立一个"德国的文化中心",而不是一个商业中心。

1907年,德国驻华公使雷克斯在给外交部的《德国文化政策备忘录》中,提出在青岛建立德华合办高等学校的意向。7月9日,外交部国务秘书齐默尔曼将其转交给蒂尔匹茨。这正合蒂尔匹茨本意。

青岛市档案馆周兆利先生认为:"在德国政府看来,推行文化政策首先有助于消解中国人的仇恨,拆除阻碍两国交往的藩篱。其次可展示德国文化和科学成就,提高其'文化大国'的声誉。三是'文化引导贸易',可以扩大德国商品在华销路。四是在政治上和思想意识上影响中国未来一代领导层,潜移默化地把他们培养成亲德分子,为将来德国在华形成自己的人脉和网络、左右中国政局、对抗英美势力埋下伏笔。"

1907年12月1日,蒂尔匹茨向中国驻德公使孙宝琦通报了德国政府在青岛建华人高等学校的计划,建议双方进行商谈。

对于德国政府的请求,清政府没有作出积极回应。1908年1月5日,德国驻华公使雷克斯致函军机大臣庆亲王奕劻。奕劻未置可否。

消息传到体仁阁大学士、军机大臣兼管学部事务的张之洞那里,这才发生了转机。

张之洞,直隶南皮人,洋务派领袖之一,中国近代重工业创始人。他的一生与教育结下不解之缘：入仕之初，即连续十年出任浙江、湖北、四川三省考官、学政；身膺疆吏以后，抚晋、督粤，办学育才，尤其是移节湖广期间，主持创设各类新式学校，改造旧式书院，开中国近代教育之先河；晚年又与袁世凯会奏立停科举，推广学校，实际主持重订学堂章程，制定出中国近代第一个比较完备的"癸卯学制"，奠定了中国近代教育体制的基础，被管学大臣张百熙誉为"当今第一通晓学务之人"。

对于德国在青岛办学的想法，张之洞认为：这是个伟大的工作，这是个很好的事业。

1908年2月15日，张之洞与雷克斯会谈。雷克斯迅速向蒂尔匹茨反馈。蒂尔匹茨于4月将汉堡大学汉学家福兰阁聘至海军署，委托其以特别委员身份与中方谈判。

福兰阁，德国第一代汉学教授，五卷本《中华帝国史》是其研究中国历史的代表作。青年时期，他先后在弗莱堡大学、柏林大学和哥廷根大学求学。1888年，25岁的福兰阁被派到北京使领馆担任翻译实习生，之后13年一直在德国驻中国使领馆效力。1903年至1907年，他受聘清政府驻柏林公使馆秘书，同时在柏林大学取得教授资格。

经过一个多月的长途旅行，福兰阁于1908年5月22日抵达北京。29日，在雷克斯的陪同下，福兰阁前往位于京城12公里以外的张之洞的夏季住所，拜见张之洞。

二

双方谈判的这一年——1908 年，是胶济铁路全线通车的第四年。时年，张之洞 71 岁，福兰阁 45 岁。

张之洞并没有跟福兰阁直接谈判，而是委任了两名代表：学部郎中杨熊祥和员外郎陈曾寿。两人将谈判情况随时向张之洞汇报。张之洞委任代表与德方谈判，一方面是因为政务繁忙且年事已高，或许更多是出于谈判策略的考虑。这样一来，在每次得知德方观点后，自己有充足的时间分析其中利弊，从而做出更准确的判断，这种谈判方式本身更有利于自己掌控谈判大局和节奏。

不得不说，张之洞的确老辣。

在此期间，中方提出将校址改在济南。毕竟，济南是山东省会，山东巡抚所在地，便于对学校施加影响。德方表示反对，因为这有违在青岛办学的初衷，不利于德国对学校事务的控制。

双方谈判围绕名称、校址、经费、行政管理和专业设置等展开。

谈判中，有两个问题成为双方争议的焦点：一个是学校的性质或程度，另一个是如何认定学生的毕业资格。德方意在学校的程度与西方国家的大学相等。但按当时的一种观念，只有京师才能设立大学，各地省城只设作为大学预备科的三年制"高等学堂"，其毕业生入大学堂继续学习。因此清政府没有给青岛办学以"大学堂"的名分，定名"青岛特别高等专门学堂"（以下简称"德华学堂"）。

学堂冠以"特别""专门"字样，以示有别于各地众多的高等学堂。

经过反复磋商，中德双方议定《青岛特别高等专门学堂章程》。章程规定：开办费 64 万马克，德方拨付 60 万马克，分 3 年划拨，德国政府支出常年经费 13 万马克；清政府学部则承担开办经费 4 万马克，常年经费 4 万马克。因财政拮据，中方负担的常年经费暂以 10 年为限，并且由学部、直隶和山东分别负担。

8 月 4 日，在张之洞的夏季住所，福兰阁最后一次拜会了张之洞。

8 月 5 日，德国驻华公使雷克斯和外务部代表正式签署了《青岛特别高等专门学堂章程》。

8 月 6 日，雷克斯将德国首相的批复交付张之洞审阅。

一周后，张之洞以晚清政府全权代表的身份回复德国公使，中方以密旨的形式表示同意。

最后，德国公使与外务部互换照会，标志着学堂章程正式生效。

1909 年 6 月 20 日，学部上呈《山东青岛设立特别高等专门学堂咨议情形并商订章程认筹经费折》，正式奏议设立青岛特别高等专门学堂，同日即奏准立案。至此，经过一年谈判的合作尘埃落定。

学堂于 1909 年 9 月 12 日开学。德国政府委派地质学博士、海军部官员格奥尔格·凯贝尔任学堂监督（相当于校长）。清政府委派学部员外郎蒋楷任总稽查（相当于副校长），蒋楷的官场生涯也掀开了新的一页。

蒋楷，湖北荆门人，在山东先后任莒州代理知府、东平知州、莒州知州、平原知县，因镇压义和团不力被革职回乡。湖广总督张之洞欣赏其才干，将其纳入幕中，保荐复职。张之洞兼任学部尚书后，让其当上了学部总务司机要科的候补员外郎。

蒋楷曾被张之洞任命为湖北武备学堂稽查，对教育并不外行。如果说张之洞决定了青岛特别高等专门学堂的方向，那么蒋楷就是实现这个伟大教育计划的第一人。

　　三

德华学堂，一经运转就不同凡响。教授阵容非常强大，包括德国复合函数研究权威康拉德·克诺普、量子物理学家卡尔·艾利希·胡普卡、植物学家威廉·瓦格纳等人。他们的加入，使这所学校声誉大增，闻名遐迩。许多青年争相报名。据当时教育部官报，云南省就曾经呈请将本省的优秀学生选送到该校就读。

德华学堂重视理论与实践的结合，农林科在李村建有实验农场，供实习；工科除校内有实验工厂外，学生还可去四方机厂、船厂实习；医科在福柏医院（今青岛第二人民医院）实习；政法科则在法院当陪审员。后来许多学生毕业后都去了德国深造。

1912年孙中山赴青岛考察期间，9月30日应邀前往德华学堂，在礼堂作了意味深长的演讲。他在演讲中指出，中国的政府形式已经发生了根本变化，然而年轻的共和国还处在发展的初始阶段，这就意味着必须动员所有力量，使之得到完善。共和国的宪法以自由和平等的原则为基本思想，但是人们要警惕对这一思想的滥用。自由和平等绝非没有限制，它们对官员、士兵和学生就不适用。后者在当今时代担负着十分艰巨的任务和责任，他们必须竭尽全力，为人民、为人类作出重大贡献。就学生而言，必须用极大的勤奋、热情和忘我的精神投入学习之中，以便完成学业之后能走向生活，以其所学的知识为人民大众谋幸福。这就是说，要创造一个幸福的中国，要通过发明创造或组织工作等，在公共生活的所有领域，为中国人民谋福利。中国的发展、进步和未来依借于此。

孙中山的演讲赢得全场热烈鼓掌。最后由总稽查蒋楷代表全校师生致谢。演讲完毕，孙中山参观了整个学校，又同德华学堂的学校师生合影留念。这张照片现存于山东省档案馆。

为纪念孙中山的这次演讲，原青岛铁路分局在礼堂旁边竖起了一座孙中山先生的雕像。他的目光凝望着曾经演讲的礼堂。如今，这里是青岛车务段的调度指挥中心。

青岛大学文学院教授刘增人认为，德华学堂是"中国政府和外国政府联合创办的第一所具有现代化规模与学制的综合性大学"。

四

青岛特别高等专门学堂共毕业了二百多名本科生，有些被保送到德国留学，有的未毕业就被一些德国企业洋行"预定"做翻译。在德华学堂的毕业生中，王献唐是最应该在史书上大书特书的一位。

王献唐，山东日照人，历史考古学家。早年毕业于青岛特别高等专门学堂土木工程系。1918 年任济南《商务日报》和《山东日报》主编，后以两报特派记者身份长驻青岛。1922 年底，中国政府收回青岛后，留任胶澳督办公署帮办秘书。1929 年，任山东省立图书馆馆长。

1937 年，日军逼近济南，王献唐唯恐馆藏图书、善本和文物精品遭殃，便请示当局，将其南迁。但时任山东省政府主席韩复榘置之不理。

因经费无着，王献唐只得求亲告友，还把自己的收藏卖掉，拼凑运费，将图书文物精品装成 31 箱，约 18 000 册件，与图书馆编藏部主任屈万里和工人李义贵，于 1937 年 10 月，先将书转移到曲阜，托孔府保管，10 月 12 日晚，又将其中精选 5 箱，向四川转移。

他们三人，一路晓行夜宿，过铜山，经汴郑，出武胜关，冒着空袭危险，历时两个多月，行程 7000 余里，终于在 1937 年 12 月 24 日将图书文物运至四川，存于乐山。这些图书文物，有古籍善本 438 种 2659 册，书画 150 余轴；金石包括陶器、玉器、铜器、甲骨等 734 件。

抗战期间，王献唐用为山东大学与武汉大学当兼职教授的微薄收入维持保护图书文物的费用开支。他给自己的书斋命名"那罗延室"（梵语，"坚牢"之意）。这期间时常有敌机轰炸，大家都避入防空洞，唯独他守着这些宝贝不离不弃。他发誓说："这是山东文献的精华，若有不测，何以面对齐鲁父老？只有同归于尽了！"后来，他积劳成疾，左髀与脑部皆做了手术，四个儿子有两个死在四川，但所有文物完好无损。

1948年9月王献唐离职后，仍极力协助政府，使南迁文物于1949年、1950年完璧归赵。有学者盛赞王献唐守护之功："虽百世之下，必将与日月同光，山河并寿。"

在德华学堂的毕业生中，还有一个人，叫刘铨法。

说起刘铨法，知道的人不多，但要说起青岛栈桥，可谓闻名遐迩。栈桥上的回澜阁，就是刘铨法参与设计的。青岛20世纪30年代许多留存至今的经典建筑，如中山路银行群体建筑、青岛市物品证券交易所大楼、青岛市红十字会大殿（今青岛市博物馆），皆出自刘铨法之手。

刘铨法，山东文登人。1904年考入青岛礼贤书院，1914年进入德华学堂学习土木工程，日德战争爆发后，转入上海同济医工学堂继续学习。1921年毕业后，任山东枣庄中兴煤矿公司工程师。1923年回到青岛，担任礼贤中学校长。令人敬仰的是，他担任礼贤校长近30年，报酬分文不取。

当时在青岛的很多德国人想让礼贤中学改成一所医药学的专科学校，刘铨法坚持将礼贤中学作为建筑工程专业的学校，直到青岛解放。这一决策的结果是，礼贤中学开设了土木科。这里的土木工程科，也是青岛理工大学的前身。

1914 年，第一次世界大战爆发，日本打败德国占领青岛，德这里华学堂被迫停办。学校停办前，一度成为德军最重要的临时医院，部分学生被转至德国人在上海开办的同济医工学堂（今同济大学前身）。

关于转学的具体人数，历来存在不同说法。一说：在校的学生包括预备科在内共约 200 余人归并到上海德国人所办的同济医工学堂。另一说：一些教师和 40 多名愿意继续求学的学生被合并到上海同济医工学堂。到底哪个为准？对此，同济大学教授李乐曾经考证指出：自 1913 年上学期至 1919 年 2 月，转入上海就读的青岛德华学堂学生总数为 145 人。

因转学人员中有土木科学生，同济为此专门增设了土木科。赫赫有名的同济大学土木系，随着青岛特别高等专门学堂的注入，开始了它长达近百年的光荣与梦想。

曾经托着学生观海听涛的那片礁石，被后来兴起的填海运动所淹没；曾经站在校园面朝大海的那份惬意，被后来崛起的高楼大厦所遮蔽，像极了这座学堂被烽烟淹没、被光阴遮蔽的命运。

往日的学堂化为历史陈迹，辉煌的过往已随风而去。透过大海不舍昼夜的涛声，人们仿佛能听到了学堂不甘如此的深深叹息……

胶济饭店风雷荡

器具陈设，富丽堂皇；水汀浴室，各备其长；
中西大菜，选择精良；侍役招待，勤慎周详。

这是 1931 年的一则广告，说的是胶济铁路饭店。这座饭店位于胶济铁路济南站西翼，是当时济南高档饭店之一。广告显示：房间自二元五角至六元；西餐早点一元、午餐一元二角五分、晚餐一元五角。

菜品也极为丰盛：有烤野鸭、烤对虾、烤牛肉、烧山鸡、烧竹鸡、猪排、羊排、牛排、火腿蛋、童子鸡、烩百鸽、烩鱼、炸鱼、烧鱼、咖喱鸡、番茄烩鸡、红白烩鸡、面条桂（鳜）鱼、牛奶布丁、香蕉布丁、西米布丁、虾仁汤、葱头蘑菇汤、青豆蘑菇汤、鲍鱼汤、鸡丝汤、牛尾汤、番茄汤、细米粥、玫瑰冻、车厘冻、牛奶冻、咖啡多士茶、曲古多士茶、牛奶多士茶等。

⊕ 胶济铁路饭店用餐区复原场景。赵欣 / 摄

↑ 胶济铁路饭店接待区复原场景。赵欣 / 摄

想当年，凭借车站的优势，想必这里一定门庭若市。

胡适曾下榻胶济铁路饭店。那是 1931 年 1 月 28 日早上八点半，胡适从青岛乘火车抵达济南，下榻于此。当天中午，胡适在芙蓉街东鲁饭庄用午餐。下午四点半，他应邀到济南女中演讲，演讲完毕，即乘火车返回北平。不过，从胡适日记中，看不出他在胶济铁路饭店用餐的记录。看来，这次短暂的济南之行，让他错失了品尝这座饭店美食的大好机会。

生活并不总是风花雪月，还有意想不到的暴风骤雨。

这座建筑诞生于 1914 年日德战争时期，也许因为生逢战火，此后也就打上了动荡的烙印。

一

1928 年 4 月 7 日，以蒋介石为总司令的国民革命军誓师徐州，"二次北伐"，讨伐坐镇北京的奉系张作霖安国军政府。

5 月初，大军北上，势如破竹，推至济南。山东军务督办张宗昌见势不妙，仓皇出逃，临走之前，把济南商埠防卫权拱手让给日军。这正是日军求之不得的。

早在 4 月 19 日，日本政府就借口保护日侨，发布了《日本出兵山东声明书》。日本内阁决定：一、现驻天津之步兵三中队，由小永伍率领，先开往济南；二、加派第六师团长福田彦助率领所部 5000 人，由日本门司出发，向山东进兵。

5月1日晚，蒋介石乘坐专列，从泰安抵达济南，夜宿专列。

5月2日上午9点，蒋介石来到张宗昌的旧督办公署，在此设总司令部。也就是在这一天，日军第六师团长福田彦助率部抵达济南，司令部设在正金银行。

中日两军在此集结，济南黑云压城，山雨欲来。

这天晚上，南京国民政府接管胶济铁路的人员也陆续赶到济南。

"二次北伐"伊始，南京国民政府就成立了战地政务委员会，蒋作宾任主席，下设政务、外交、交通等处。交通处处长由交通部路政司司长赵幼梅兼任。交通处下设总务科、路政科、电政科、邮政科和航政科。路政科科长是曾任胶济铁路管理局车务处副处长的钱宗渊。

当时在津浦铁路车务第一总段任客货稽查、驻徐州站的谢岳，也参加了交通处的工作。他在回忆录《接管胶济路前前后后》中记述了这段经过。

路政司随来的科员有何惠和肖卫国。何惠是胶济铁路沧口车站原站长，肖卫国是青岛车站货物主任，赵幼梅是谢岳在交通大学的老师，钱宗渊是谢岳在胶济铁路的老长官，何惠和肖卫国是交通大学的前后同学和胶济铁路的老同事。

4月23日，他们随军出发以前，每人在徐州赶制灰色布军服一套和皮带一根。这是谢岳有生以来第一次穿军服。

由于交通部内定赵幼梅接任胶济铁路管理局局长一职，出发前，交通处作了一些准备工作，分三路进入济南：派肖卫国随方振武军由东路入济南。赵幼梅派肖卫国为车务处处长，如果东路军先到济南，即以车务处处长代理局长，先行接管路局。如果中路军先到济南，赵幼梅自行接管路局。

这里所说的路局，为胶济铁路管理局。当时以线设局，还有津浦铁路管理局。

谢岳与何惠乘火车于5月2日晚到达济南，住在津浦铁路宾馆。

津浦铁路宾馆位于胶济铁路济南站东约500米处，经一路、纬一路交界处。这座1908年所建的德式建筑，最初为津浦铁路北段总局驻济南办事机构所在。1922年，改为津浦铁路宾馆。

当晚，谢岳和何惠奉命到胶济铁路济南站查看，遇到5月1日中午到达的肖卫国。得知肖卫国已于5月1日下午召集车务、机务、工务和警务各段站主管人员先行谈话，以车务处处长暂代局长接管了铁路局。

在胶济铁路济南站，谢岳获悉，日本早派有军事运输官一人驻站办理军车调度事宜。这在谢岳心头画上一个大大的问号：我们中国的铁路，日本军人怎能驻站办事呢？这是侵犯主权的。

谢岳马上同何惠回到津浦铁路宾馆，向赵幼梅报告。赵幼梅告诉他们，明早9时，他前来接任，到时自有安排。

随后，谢岳和何惠回到胶济铁路饭店。这是谢岳在他的回忆录中首次提到"胶济铁路饭店"。

关于这座饭店，1927年出版的《济南快览》如此评价：

济南之高等旅馆，如津浦、胶济两路自设之饭店，不但组织完备，而建筑亦极壮丽。旅客宴友，亦可待办，自备汽车接送旅客，是以旅社兼餐馆也。惜房间太少，不能容纳多数旅客，且对于本路之职员有半价之优惠，房金每日自六元至二元不等，往来军政要人多寓于此。

"自备汽车接送旅客"，可见胶济铁路饭店实力之雄厚。要知道，当时有汽车的饭店极少。《济南快览》中还标有胶济铁路饭店电话，只有三位数：236。可见那时电话之少，也再次印证了饭店的实力。

那一夜，寓居于此的谢岳和何惠，想必体会到了器具陈设的富丽堂皇，不知他们是否意识到，尽管夜色安宁，却暗含杀机。

二

5月3日早8点多钟，钱宗渊陪同赵幼梅来到胶济铁路济南站。

在未接任以前，赵幼梅已约日本军事运输官谈话，说明接任铁路的事情。此后谢岳他们通知车务段段长赵德贤，电约各段的主管人员和在站人员先行到候车室内集合，听候赵幼梅训话。

候车室位于东翼一楼。胶济铁路济南站是一座不对称、综合性的德式建筑。东翼是候车区，西翼是经营区，即旅馆饭店所在地。

大约9点半，人员都已陆续到齐，赵幼梅同钱宗渊随即对到站人员讲话。约 20 分钟左右，突然传来枪炮声。10 点钟前后，枪炮声越来越凶。赵幼梅停止讲话，大家一齐躲进地下室。

这个地下室至今犹存。地下室面积与建筑底座面积同等大小，极为宽敞。鲜为人知的是，地下室北侧有一个秘密地道，长约千米，直通现国铁集团济南局局大院，既有主干，也有分支，内有水井和卫生间，墙壁上有"要准备打仗"字样，不知是什么年代开挖的。

谢岳众人躲进地下室。谢岳看到，听到枪声的日本军事运输官也十分惊慌。此次枪炮声来自何处，是何军发射，都摸不着底。陪同赵幼梅的来人中，有个通晓日语的人，看到这种情况，马上向那日本军官说：革命军决不伤害非武装人员，不要误会。并拉日本军事运输官同谢岳站在一起，日本军官这才平静下来。

大约从 9 点 50 分起，一直到下午三四点钟，枪炮声才渐渐停止。

就是这天，日军制造了惨绝人寰的"五三惨案"，亦称济南惨案。

晚上 11 时，日军 20 余人借口山东交涉署门前发现日本兵尸体，强行收缴交涉署人员枪械，将新派山东外交特派员蔡公时及署内全体职员捆绑起来，用刺刀划削其脸面、鼻、耳。蔡公时用日语抗议，日兵竟将其耳鼻割去，继又挖去舌头、眼睛。日军剥光被缚人员衣服，恣意鞭打，然后拉至院内用机枪扫射。蔡公时等 17 人惨遭杀害。

5 月 3 日这天，被日军杀害者达千人以上，房屋焚毁无数。

据在胶济铁路饭店的谢岳回忆："5 月 4 日早晨仍有枪声传来，中午虽暂停止，晚上又闻有炮声，我们总在惊慌之中。这晚八九点

⊕ 济南"五三惨案"事发前，山东外交特派员蔡公时（前排左六）与全体随员合影。

钟，由津浦铁路宾馆里逃出来的人说：日本军队把蔡公时处长的耳鼻割下杀死了，交涉署十多个人也同时被害了。黄郛（南京国民政府外交部部长）驻津浦铁路宾馆的卫队被解除了武装，黄郛也被赶到楼下去了，生死还不知道呢！我们听了心神不定，为我国外交人员的惨死而感到悲痛。"

对蒋介石来说，这一天也是险象环生——他差一点儿被炸死。

时任战地政务委员的罗家伦回忆："4 日上午忽然来了一架飞机，在总司令部上空投弹。一个就投在总司令部办公室后面的池里，幸而没有爆炸。另一个炸弹落在我们睡房后面的一个四合院子的中间。一共死伤 19 人，其中有官长 2 人。这架飞机标志不明，很可能是日方的飞机，或是由日本人驾驶为张宗昌作战的飞机。因为张宗昌的残破部队里，绝没有这种新设备和驾驶员。"

蒋介石幸免于难。死里逃生的蒋介石在日记中写下了"雪耻"二字。

4 日晚，北伐军总司令部。蒋介石与第一集团军前敌总指挥朱培德、总参谋长杨杰、高级参谋熊式辉等人密商后，决定退出济南。

当夜，城内部分军队南撤，城外各路大军悄然渡河北上。

三

在谢岳印象中："5 月 5 日早晨八九点钟又闻枪声，时断时续，至下午才停止。"

　　大约在六七点钟，谢岳同何惠天真地认为平安无事了，想到津浦铁路宾馆去看自己的衣物，就一同向津浦铁路宾馆走去。不料一出车站，迎面而来的是横架在马路上的木栅栏、铁丝网，马路两旁血肉模糊的死尸，他们马上退回胶济铁路饭店，再也不敢出去了。

　　已过深夜12点钟，此刻已经是5月6日了。胶济铁路车务段段长赵德贤约谢岳到三楼一间房里，拿出一件工人穿的蓝布长衫和一条裤子，对谢岳说："你把军衣换下来，穿上这套长衫和裤子吧！"

　　谢岳当时认为：穿军服有什么可怕呢？正在犹豫中，赵德贤说："你换下吧，你我同事两年多了，无论如何，今晚你要脱下军服。"

　　他这样热心，谢岳难以拒绝，遂答应了。其他人也都把军服换掉了。赵德贤虽没有说出更换衣服的理由，但谢岳是铁路行车人员，知道军用列车不论如何机密，在铁路行车电报中是有特殊暗号的。谢岳想：必定有日本军车从青岛开来济南。

　　这一夜，大家都睡不着。

　　5月6日早晨7点多钟，从青岛开来的一列兵车上，突然走出四五名日本军官，手执手枪，依次向谢岳等人逼问："是不是南军（北伐军）？"他们气势汹汹，纠缠了20多分钟。一名铁路人员马上找到那位日本军事运输官，请他说明谢岳等人的身份。日本运输官用日语说了几句，那些日本军官便向他敬个军礼，走下楼去了。

　　后来据熟悉日语的人说，这个运输军官是少佐，那些日本军官是尉官，运输军官对那些日本官兵说："他们是铁路人员，不要找麻烦，下去吧！"谢岳庆幸："如果没有老长官赵德贤的照顾，那么我的性命，也同'五三惨案'的死难者一样，早就不存在了！"

被困在胶济铁路饭店的谢岳此后看到，每天都有日本兵车由青岛开来，武器、军需品等都是日本兵亲自卸车抬走，不用中国工人替他们搬运，可见戒备森严。

谢岳的见闻，在日本1928年出版的《历史写真》画报中有所验证：广场上，有大批携带武器的日军，"胶济铁路饭店"匾额下，垂着"大日本派遣军司令部"的条幅。

住在胶济铁路饭店的人很多，而食物却没有外源补充，供应一天一天地减少。谢岳他们原来每餐可以吃到面包、鸡蛋、牛油，后来只有炒饭，到最后只有吃豆子充饥了。

谢岳记得："从5月7日到10日，每天早晨都听到机枪声、大炮声。被困在胶济铁路饭店里人人自危，心神不宁。大约在5月15日前后，才得到消息，说我们可以退出济南。一天上午，一个日本军官把我们已被围困半月的10多个人，送出日本军事封锁线。我们走到党家庄，登上铁棚车，于是日晚离开了济南。"

四

就在许多人逃离济南的时候，一个美国人却千方百计要去济南。他就是美国《纽约时报》驻华记者哈雷特·阿班。

当日本向山东派兵后，阿班敏锐地意识到："国民革命军与北

⊙ 哈雷特·阿班

洋联军正在山东酣战，日军此时涌入该省，势必引发灾难性的并发症。"记者的敏锐性和责任感促使他决定前去一探究竟。

4月29日，他买了至济南的火车票离京。当时津浦铁路因战事不通，他只好从天津辗转大连，乘船于5月9日到达青岛。

令阿班困惑的是，所有正式的新闻来源一概失声。日本总领事馆、陆军总部、海军总部一律保持沉默。发言人都声称，自5月3日起，一直没有济南日军总司令福田中将的直接消息。

阿班耐不住了，直陈他们撒谎。几经交涉，阿班才获得搭乘当晚日军运兵车前往济南的许可。同行的，还有日本记者罗伯特·堀口。

这的确是一趟冒险之旅：火车一次次遭受袭击，如蜗牛般且行且止，直至10日中午才到达济南。

阿班的出现，让日军大吃一惊。坏事最怕见光，他们把阿班扣留在胶济铁路饭店。后经堀口交涉，阿班拿到一张军人通行证，总算可以自由活动了。

平时有 40 万人口的济南城，这时却空空荡荡。除了尸体外，街上见不到一个中国人，只有日军的巡逻队来来去去。一条条的街道上满是尘土，在热气炙烤下，静静伸往远处。人行道上，建筑物门口，甚至大路中间，到处横陈着中国人的尸体，大多已肿胀失色。有些穿军服，有些着便衣，男女老少都有。除了死人多，死马也不少，都四腿僵直地支棱在空中，样子显得怪诞，又充满哀婉。房屋大多被毁坏了，只剩闩着的门、破碎的窗。房屋的余烬还在冒烟，里头却没有生命的痕迹。商店几乎尽皆被毁，劫掠一空。

据事后调查，济南惨案中，中国军民死亡 6123 人，伤 1701 人。

这天，阿班到访了美国领事馆。从开战前两天到现在，他是头一个到达美国领事馆的外人，因此受到热烈欢迎。阿班在此吃罢晚饭，又匆匆上路，赶在天黑前回到饭店。这是军人通行证规定的条件。

此时的饭店已大不如前，没有水，没有电灯，连蜡烛也没有。阿班只有上床，却无法入睡，一天的见闻让他心绪难平："我从未亲眼目睹过人类成批死于暴力的景象。……而那个酷热的 5 月下午，济南让我见识了集体大屠杀，那些画面是全新和震撼人心的：人类肉体被弹片撕碎；死者长时间得不到掩埋，尸体被弃诸尘土或烂泥沟；更有成群的老鼠趁夜出没，把儿童的尸体咬得血肉模糊。"

整个下午，目睹这一幕幕令人作呕的画面，阿班倒没觉得反胃，连他自己也感到意外。但是，一放松下来，那 40 个小时的亢奋和不眠不休，立时化为极度的困倦袭来，让阿班一下子虚弱不堪。夜，湿热而多汗，阿班突然觉得胃里一阵剧烈翻腾，忙摸到黑乎乎的窗口，探出身去，对着黑夜一阵呕吐。

吐完了，阿班爬回床上，沉沉睡去……

五

第二天，5月11日，直到炙人的阳光照到阿班脸上，再加上成群吃腐肉的苍蝇爬满一脸，阿班才醒来。

这天清晨，济南城被日军占领。上午9时，日军举行了入城式。

阿班一整天忙于寻找济南事件的真相。

他与一系列人物作了访谈，包括福田彦助及其助手们、日本驻济南领事西田、英国及德国驻济南领事、美国及英国的传教士。他还拜访了美国资助的山东基督教学院，重访了美国驻济南领事馆。

让阿班遗憾的是，整个济南找不到中方的消息来源。除了领事馆里的仆人外，济南已经见不到中国人了。

在阿班看来：5月3日到10日间发生的事，到底是谁的责任，尚无定论。双方都指责对方挑起冲突。因为整个济南找不到中方的消息，阿班认为日方的一面之词有失偏颇。

阿班说："我乘坐的火车抵达时，刚停火不久。这期间，济南与外界的联系被割断，外界对局势发展一无所知，只知道发生了严重冲突。冲突造成七千多中国人被杀。日方称，日军共有四十人阵亡，一百四十二人受伤，其中六十七人伤重不治。但据驻中国的所有中立国军事人员估计，日方的损失应该大大高于透露的数字。"

在胶济铁路饭店的最后一晚，阿班借着烛光，着手写报道。新上任的美国驻济南领事艾德温·F.斯坦顿特地来阿班住处，帮他把关，指出阿班陈述中他认为不确之处，删除一些出自其他官员之口、有意误导中立看法的错误陈述。

稿件快写完时，午夜已过，斯坦顿跟阿班道了晚安。阿班整理了行装，也上床了。因明天一早6点，有一班开往青岛的特别列车，阿班希望起个大早，去占个座位。

这是一趟难民列车。这期间，北洋军与北伐军仍在铁路两侧交战。为免受攻击，出发前一晚，列车的车头、车厢都插满了各缔约国的国旗，日本旗则不挂。

5月12日早上6点，火车准时出发，共载有125名美国和欧洲的妇女儿童，还有少数白人男子，其余的难民都是中国人。除了开火车的日本军人外，车上没有日本人，也没有护卫。

整整一天，阿班的打字机都不离膝头，反复修改新闻通稿，希望能对这八天战斗的源起与过程，作一个绝对中立的叙述。阿班有所不知，就在他离开济南这天，又有大批中国伤兵被日军杀死。

这天，南京国民政府致电美国总统，揭露日军暴行，希望借助美国向日本施加压力。三天后，5月15日，美国众议院通过了《调停济案争议决议案》，公开承认南京国民政府。

离开青岛前，阿班已了解到，华盛顿、伦敦、日内瓦及各国对于雾霭笼罩的济南局势，均感焦虑紧张，因为济南事件有可能导致国际干涉，甚至另一场世界大战。阿班的报道，将是有关此事的第一篇中立报道。

堀口与阿班并排而坐，也在写稿子。可想而知，堀口的报道只向日本报纸供稿，采用的是日本领事西田和日军第六师团长福田彦助提供的版本。

那天奇热奇闷，黄尘蔽日。火车走得慢，停得久，走走停停。火车上全是吵闹不休的孩子。偶尔也有一些成年的中国难民由于长久处于炮火之下的紧张，突然歇斯底里发作。

阿班说："青岛和济南之行，让我真正尝到了战争的滋味。"

9点过后，火车抵达青岛。此后阿班奔往电报局发稿。报道很快传到大洋彼岸，进而传遍整个世界。

这段赴济南采访的经历，后来被阿班写入《我的中国岁月：1926—1941》一书，中译本改作《民国采访战》。阿班的报道覆盖国民革命、蒋冯阎大战、九一八事变、西安事变……中国历史这十余年的每一起伏、每一皱褶，无不通过他的键盘，传递给全球大众。

一座百年饭店，见证多少历史事件，经历多少风云激荡。

如今，这座建筑犹在，前尘过往皆成云烟。但是，前事不忘，后事之师，勿忘国耻，警钟长鸣。

第五章

沧海浮沉阅千帆

文物是历史的载体，承载着灿烂文明，传承着历史文化，维系着民族精神。博物馆是沉淀和展示历史的最好舞台，位于济南的胶济铁路博物馆，每一件文物都蕴藏着丰富的信息，特别是那些与历史人物密切相关的老物件，更是浸润着当事者的余温，见证着当事者的命运。借此追根溯源，我们得以了解他们的沧海浮沉。更有日德战争、抗日战争等不同时期的刀剑，如闻战场厮杀，透着鼓角铮鸣。让我们轻轻走近它，触摸它，叩击它，倾听从历史深处传来的回响……

刀光剑影悄无声

　　胶济铁路自诞生以来，就历经战火：1914 年的日德战争，1928 年的"二次北伐"，1930 年开始的中原大战，1937 年爆发的全民族抗日战争，1946 年开始的解放战争……

　　胶济铁路自诞生以来，也多次易手：先是德国修筑完毕并运营（1904 年 6 月—1914 年 11 月），后被日本抢占（1914 年 11 月—1922 年 12 月），再由北洋政府收回（1923 年 1 月—1928 年 4 月），济南"五三惨案"发生后，日本又抢占胶济铁路一年时间（1928 年 5 月—1929 年 5 月），几经交涉才被南京国民政府收回（1929 年 5 月—1937 年 12 月）。山东沦陷后，胶济铁路再次陷入日寇敌手（1937 年 12 月—1945 年 8 月），抗战胜利后由南京国民政府收回（1945 年 8 月—1948 年），解放战争中，胶济铁路回到人民的怀抱。

　　尽管硝烟早已散去，但作为呈现这段历史的博物馆——胶济铁路博物馆，应该用具有代表性的物品予以展示。

⊕ 胶济铁路博物馆。赵欣 / 摄

刀剑，无疑是具有代表性的物品之一。

尽管刀剑是冷兵器时代的产物，但现代战争中仍不乏它的身影：用于拼杀的刺刀，威武沉雄的大砍刀，小巧灵便的匕首，更有象征荣誉、身份和地位的军官佩刀、佩剑。

在胶济铁路博物馆，有一张德国远东舰队司令棣德利的照片。就是他，1897 年 11 月 14 日率军侵占青岛。这份"战绩"，被德军刻在了青岛信号山上——"棣德利纪念碑"。此后，山东一步步成为德国的势力范围，胶济铁路也随之诞生，山东历史从此改变。棣德利使用的就是德国军刀，一把海军指挥刀。

说起德国海军，不得不提德皇威廉二世。这个 29 岁登基的德国末代皇帝，积极推行海外殖民扩张的"世界政策"，对海军具有狂热爱好，不仅喜好身着各国海军制服，亲自绘制军舰的设计图，还如饥似渴地"吞噬"马汉的《海权论》，醉心于建立一支强大的海军。

事实证明，威廉二世成功了。1896 年 1 月 18 日，他发出了"德意志之未来在海上"的声明。第二年，借口"巨野教案"，德军兵发胶州湾。

在胶济铁路博物馆，还有一把德国军刺，上面刻有"solingen"字样。"solingen"指的是驰名世界的"刀城"——索林根，德国西部的刀具名城。清朝末年，索林根军刺随着德国东扩来到中国。

但军刺长度有限，从展示效果上，比不上军刀。何况，军刀的数量也比军刺少得多。

寻找德国早期军刀，更准确地说，寻找德国早期海军军刀，作为侵略中国的见证，是胶济铁路博物馆筹建组的愿望。因为侵略青岛的是德国海军，后期管理青岛的也是德国海军。寻找德国早期海军军刀，意义非同寻常。

尽管这种寻找如同大海捞针，但功夫不负有心人。通过线上线下几经打听，终于在北京找到一位姓赵的军刀收藏家。

赵先生收藏的是一把纯正的德国皇家海军军官制式佩刀，护手上有德国皇家海军标志：皇冠、铁锚；柄首为威风凛凛的狮子头造型。如果仔细看，就会发现，"狮子"的眼睛是红色的。这里面镶嵌的是红宝石。

这个"红眼"，让人想起了德国对胶州湾的觊觎。实地考察胶州湾的德国工程师弗朗鸠斯，在《1897：德国东亚考察报告》一书中披露了这样一个关键细节："关于在东亚攫取一块军事基地以保障德意志利益的计划已经酝酿了大约 30 年。"

狮子头军刀，自 1880 年到 1919 年供德国海军军官使用。这个时期，涵盖了 1897 年的德国侵占胶州湾事件，1899—1900 年的"高密抗德阻路事件"和 1914 年的日德青岛战争。

最终，这把军刀被收入胶济铁路博物馆。馆中有威廉二世和其将军们的合影，最右边一位，是个光头，留着蓬松的大胡子，他就是"德国远洋舰队之父"——海军元帅蒂尔匹茨。

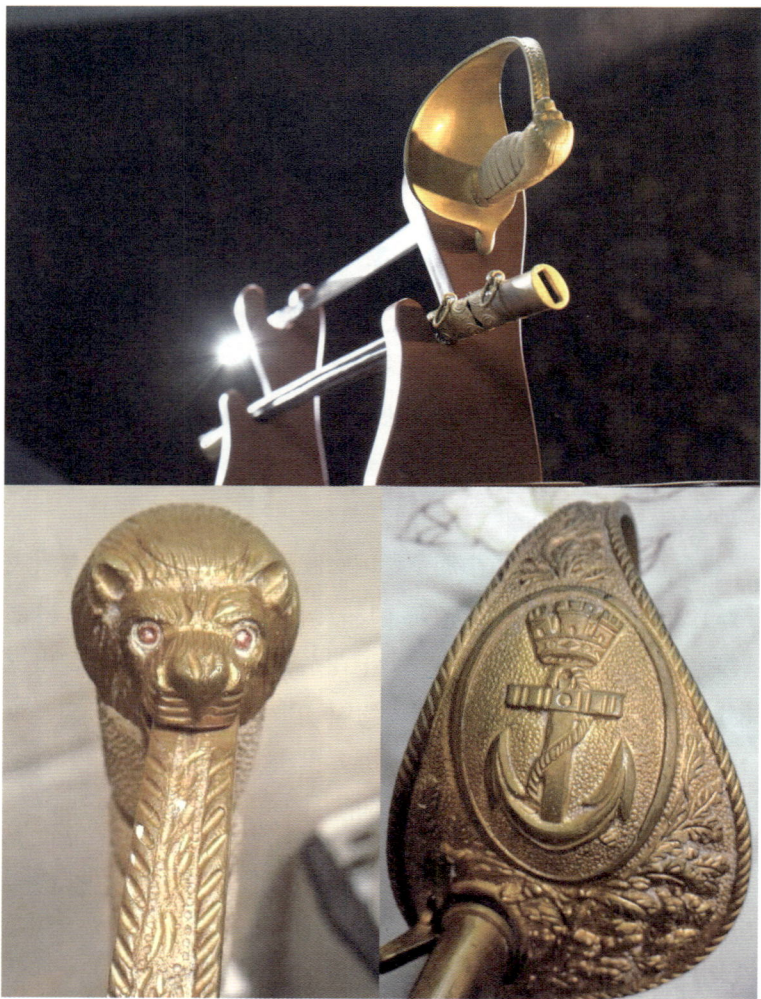

⊕ 德国狮子头海军军官指挥刀，藏于胶济铁路博物馆。韩振军 / 摄

蒂尔匹茨是棣德利的前任，曾任东亚巡洋舰队司令，亲自考察过胶州湾，并且在舟山群岛、厦门岛、胶州湾、大鹏湾、澎湖列岛等备选方案中，极力主张攫取胶州湾。1897年，德军侵占青岛这年，他被任命为海军大臣。照片中，他手握军刀。自然，也是一把海军军刀。

照片中的军刀与展柜中的实物互为映衬，完成了历史与现实的对话。其背后，是中国一段积贫积弱的遭受列强欺凌的历史。军刀上的"狮子"瞪着红红的眼睛，而中国这头"睡狮"却迟迟没有醒来。

瞪着红红眼睛的，还有日本。1914年8月23日，日本趁德国在"一战"中陷入欧洲战场无力东顾之机，对德宣战，以十倍于德军的兵力攻打青岛。这是"一战"中唯一的亚洲战场。对于青岛，日本觊觎已久。当然，还有觊觎已久的胶济铁路。

双方激战两个多月，不仅有海战，还有陆战，以及小规模的空战。

为了展现这段历史，关于战争之"物"，首先想到的，还是刀剑！最终，也在赵先生处如愿以偿。

一把是德国重型骑兵军刀。日德战争中，德军骑兵很少。这把军刀，能够保留下来实属不易，能够找到更是艰难。灰暗的色调，透出岁月的沉淀。

一把是日本明治十九年式军官指挥刀。明治十九年，即1886年，为这款军刀的定型时间。

这两把军刀放在同一展柜，代表交战双方。在"一战"中，英、法、俄、日等属协约国，德、奥匈、土耳其等属同盟国。这场战争，以日英联军的胜利、德奥联军的失败而告终。

透过这两把军刀，我看到了列强的撕咬。日军 270 人战死、113 人负伤，防护巡洋舰"高千穗号"沉没，水上机母舰"若宫号"受重创；英军 160 人战死、23 人负伤。德奥联军 199 人战死、504 人负伤、4715 人被俘，"伊丽莎白皇后号"巡洋舰（奥匈帝国）、一艘鱼雷艇、四艘炮艇自沉。

透过这两把军刀，我看到了日本的贪婪。战争结束不久，日本就炮制出旨在灭亡中国的"二十一条"，违反外交成例，1915 年 1 月 18 日夜直接面交袁世凯。袁世凯惊讶地发现，这份外交文本竟然誊写在印有无畏舰和机关枪的水印纸上！威胁意味不言而喻。

透过这两把军刀，我更看到了中国遭受的苦难。担心招惹列强、奉行中立的北洋政府，在日德战争中遭受池鱼之殃。日本扩大交战范围，把战火燃至整个胶济铁路。中国公私财产损失达 2000 余万元。此后，日本强占青岛和胶济铁路长达 8 年之久。

七七事变后，苦难尤甚。日军对中国人民展开疯狂杀戮。根据确切统计，中国人民抗战中伤亡人数达 3600 万人，其中死亡达 2000 万人左右。中国军队伤亡 380 万人。

一把缴获的日本九八年式军刀，就是这段历史的见证。"九八年"，指的是"日本皇纪二五九八年"，也就是公元 1938 年，为这款军刀的定型时间。1938 年，正是日本疯狂进攻中国的时期。同

⊕ 胶济铁路博物馆中的日本明治十九年式军官指挥刀（上）与德国重型骑兵军刀（下）。陈宇舟／摄

年 1 月，胶济铁路全线沦陷。

特别需要指出的是，九八年式军刀，比一九年式军刀要强得多。这是因为，在 1933 年长城喜峰口战役中，一九年式军刀在中国军队的大刀片面前，处于明显劣势。日本遂于 1934 年废弃它，谋求改进更具战斗力的新式军刀。后来诞生的九八年式军刀就是其中之一。

这把军刀，横放在胶济铁路博物馆展架中，是日军侵华的铁证。在它的旁边展示的，是中国军队的钢盔、军号，还有木制的盒子枪枪套。

这个枪套，让人不由想起神出鬼没的铁道游击队："我们爬飞车，搞机枪，闯火车，那个炸桥梁，就像钢刀插入敌胸膛……"

就当时武器装备而言，中国明显逊于日本。以抗战全面爆发的 1937 年为例，日本当年生产大口径火炮 744 门，中国连一门也造不了；日本当年生产坦克 330 辆，中国一辆也造不了；日本当年生产汽车 9500 辆，中国仍是一辆造不了；日本当年生产军舰 52 400 吨，中国连一吨也造不了。

尽管中国军队武器装备落后，但中国军民始终没有放弃抗击侵略的决心和斗志。人们手持步枪、机枪、手榴弹、大刀、长矛等劣势装备，冒着敌人的炮火，在正面战场和敌后战场，前仆后继，英勇杀敌，终于彻底打败了日本帝国主义，取得了抗日战争的伟大胜利。

　　尽管展柜内静悄悄，但我看到了刀光剑影，听到了鼓角齐鸣，感受到了压迫与凌辱，也体会到了不屈与抗争。

　　如今，刀光剑影虽已暗淡，鼓角齐鸣也已远去，但我们要时刻保持高度警惕，因为这个世界并不太平，战争离我们并不遥远。唯有不断强筋壮骨、强身健体，才能拥有捍卫和平的实力和水平。

任尔东西南北风

刀剑风云起，鞘中金鼓鸣。在胶济铁路博物馆陈列的战争时期的这些闪着寒光的刀剑，大都没有刻名，唯有一把非常特别的短剑，剑柄上刻着四个字：葛光庭赠。

葛光庭，又名光廷、光亭，字静岑，别字觐宸，安徽蒙城人。这把短剑是 20 世纪 30 年代他送给胶济铁路高管的礼物。那时，他担任胶济铁路管理委员会委员长。

葛光庭可谓一个风云人物。他曾与陈独秀同台演讲，给孙中山当过高参，是蒋介石的学长、阎锡山的同学，与冯玉祥、张学良、孙连仲、商震义结金兰。经历过中原大战，参与过东北易帜。跟韩复榘、沈鸿烈过从甚密。主掌过陇海、平汉、胶济铁路。

一

1903 年 5 月，葛光庭与陈独秀在安徽安庆藏书楼作爱国演说。

↑ 葛光庭

那年，陈独秀 24 岁，葛光庭 23 岁，风华正茂，挥斥方遒。演说完毕，陈独秀倡议成立安徽爱国学社，葛光庭是社员之一。

第二年，葛光庭被清廷选派为留学生。1905 年 3 月，他被安徽巡抚署保送日本留学，先入日本陆军振武学校完成预科学业。

3 年后，蒋介石也来到振武学校。算起来，葛光庭是蒋介石的学长。1907 年蒋介石考入陆军保定通国速成学堂，1909 年该学堂并入保定军官学堂。而 1909 年葛光庭回国后在保定军官学堂任教。

蒋介石与"保定系"和"日本士官系"联系密切，凭借这两大派系又培养出"黄埔系"。葛光庭身跨"两系"，自然与蒋介石亲近了许多。

在葛光庭的交往对象中，还有一位重要人物：阎锡山。

1907 年，葛光庭从振武学校毕业后，进入日本陆军士官学校学习炮科，成为第六期学生。他的同期同学中，有阎锡山、孙传芳、程潜、韩麟春等人，这些人后来均成为国民党高级将领。

葛光庭入读此校这年，一个日本军人调入此校，他就是冈村宁次。冈村宁次在 1907 年至 1910 年的 3 年多时间里，从第 4 期开始接手，总共在陆军士官学校带过 3 期中国留学生。当时冈村宁次任日本陆军士官学校清国留学生队中尉区队长，类似于今天各大学校里的专职班主任。这些中国留学生肯定想不到，这个年轻的"班主任"后来竟成为残害中国人民的刽子手。而为了国家利益，这些当年的师生，后来在战场上展开了激烈厮杀。

日本留学期间，葛光庭加入了孙中山领导的兴中会。1905 年，兴中会、华兴会、复兴会合并为中国同盟会，葛光廷又成为同盟会会员，此后追随孙中山。

1909 年冬，葛光庭毕业回国，任保定军官学堂炮兵科战术教官，不久专任北京清政府陆军部军学处科员、军制司科员、热河陆军兵备处总办等职。1911 年辛亥革命爆发后，葛光庭参与领导安徽光复军事活动，任大通安徽军政分府司令。

1912 年，中华民国成立不久，孙中山辞去临时大总统职务，袁世凯继任。葛光庭于次年 8 月 14 日被授予陆军少将军衔。

在军界，葛光庭有个安徽蒙城同乡，叫陆建章，1914 年 4 月被袁世凯任命为陆军第七师师长。陆建章有个内侄婿，叫冯玉祥，在陆建章部第十六混成旅任旅长。也许因为有同乡之谊，葛光庭1914 年 7 月在第十六混成旅步兵第三十五团任团长。

　　葛光庭与冯玉祥都耳阔面厚，身材魁梧。两人意气相投，结拜为兄弟。葛比冯大1岁。其实，与葛光庭结拜为兄弟的不止冯玉祥，还有冯玉祥手下"十三太保"之一的抗日名将孙连仲。

　　孙连仲1914年在第十六混成旅炮兵营任班长。葛光庭与其意气相投，义结金兰。葛比孙大12岁。1934年6月15日葛光庭过生日时，孙连仲特送来了龙凤纹碗、盘等祝贺。孙连仲送给葛光庭的这份贺礼，现在胶济铁路博物馆展出。

　　葛光庭在冯部任职两个月后，1914年9月，又被调到第一混成旅第一团任团长。

　　从葛光庭的交往来看，用现在的话说，他情商很高。

　　因追随陆建章，葛光庭的命运不可避免地受其影响。1916年2月，葛光庭升任陕西督军陆建章部参谋长兼陆军第四混成旅旅长。6月，陆建章因属下发动兵变而倒台。葛光庭离开陕西，回到北京闲居。

　　二

　　民国政局，风云变幻。政见不同，炮火连天。

　　为维护《临时约法》，1917年，孙中山在广州组建中华民国军政府，对抗段祺瑞的北洋军政府。南北重开战。

　　1918年12月，葛光庭南下广东西江，任广东军政府军事委员会参谋部参事，后被孙中山派驻湖南任军事代表。

⊕ 1934 年 6 月 15 日葛光庭过生日时，孙连仲送来
的贺礼龙凤纹碗、盘等，现展陈于胶济铁路博物馆。

　　此后几年，民国军政府内部纷争不断，"护法运动"失败，直到 1923 年才算消停。1923 年 3 月，中华民国陆海军大元帅大本营正式成立，孙中山担任中华民国陆海军大元帅。11 月 23 日，葛光庭被孙中山任命为大本营高级参谋。

　　此后几年，政府名称更改（中华民国陆海军大元帅大本营改组为中华民国国民政府），政府驻地搬迁（先广州，后武汉，再南京），但葛光庭的职务变化不大，1927 年 4 月任南京政府军事委员会委员。

　　在此期间，经历了第一次国共合作和北伐。葛光庭作为军方高参，见证了这段历史。当然，他也见证了国共合作的破裂。那时，葛光庭已成为张学良的心腹。

　　1927 年春，张作霖派张学良、韩麟春率三、四方面军驻扎在河南郑州，奉军与武汉的北伐军形成了对峙局面。一向主张"息内争、御外侮"的张学良无心再战，决心谋求南北妥协，结束内战。

　　一天，张学良对葛光庭说："这仗不能再打了，我打算撤军。老帅可能不会同意。你先拿我的亲笔信交给蒋介石总司令，就说中国人不打中国人，我愿意服从国民政府的领导。但是请他们也不要逼得太紧，给我一点时间，容我慢慢劝说老帅。"

　　拿到张学良的亲笔信后，葛光庭很快秘密南下。此后，张学良一直在等葛光庭的消息，可是迟迟没有回音。这期间，张学良一再劝说张作霖罢兵休战，无果，遂决定兵谏。没想到消息被孙传芳走漏，兵谏计划流产。

本来，阎锡山与张作霖是联手对抗北伐军的。不料，1927 年下半年，阎锡山转而和南京国民政府合作，宣布晋军为国民革命军第三集团军。奉、晋之间，友军变敌军。

1927 年 7 月，晋军占领石家庄，张作霖让其撤出，以便南下打击冯玉祥部，阎锡山置之不理。张作霖打算 9 月初对晋用兵，9 月中旬派葛光庭赴晋接洽。不料晋军先发制人，悍然出兵。双方擦枪走火，葛光庭没有成行，遂在京与尹扶一联名致电阎锡山："奉晋历共患难，万不能因一时之误会致生破绽。……北方大局安危，系于奉晋两方。无端破坏，我帅谅不忍为。尚望转令前方，慎重动作，静候调处，并希速复。"

遗憾的是，因京晋间电讯中断，此电未能发出。晋奉战争爆发。

转眼到了 1928 年，南京国民政府决定"二次北伐"，剑指北京张作霖的安国军政府。蒋介石、冯玉祥、阎锡山、李宗仁分别任第一、二、三、四集团军总司令。

5 月 30 日，南京国民政府派孔繁蔚、尹扶一和奉军代表邢士廉、葛光庭由上海到北京。这期间，张学良出面，南北双方多次洽谈。南京国民政府的先决条件为：政治上奉军易帜，军事上奉军出关。

不料，双方洽谈因 6 月 4 日张作霖在皇姑屯被日本关东军炸死而搁浅。张学良主掌东北后，洽谈重新启动。12 月 29 日，张学良宣布东北易帜，南京国民政府在形式上完成了对全国的统一。张学良也被南京国民政府任命为东北边防军司令长官。

1929 年 1 月，蒋介石在南京召开全国编遣会议，旨在"削藩"。葛光庭时任第三集团军总司令阎锡山部驻南京办事处主任、国民革命军南京中央编遣会议阎锡山代表，协调南京国民政府与阎锡山的关系。

不过"南京办事处主任"职务很短暂。因为编遣会议确定：正式取消各集团军总司令部。总司令部驻南京办事处自然"摘牌"。

此后不久，葛光庭从南京搬到北平。身份也变了：东北边防军司令长官公署参议、顾问，是张学良派驻北平办事处的主任。

三

1930 年，冯玉祥、阎锡山、李宗仁因对"削藩"不满，遂酝酿武力倒蒋。眼看烽烟将起，"一直厌烦内战"的张学良派代表葛光庭多次斡旋，以期平息纷争。那时，葛光庭在郑州担任陇海铁路管理局局长。

1930 年 1 月 4 日，葛光庭致电东北边防军司令长官公署厅长王树翰："（郑州）倒蒋空气甚浓厚。"

1 月 13 日，阎锡山前往郑州参加军事会议，并准备履行国民党军副总司令就职仪式，当得知蒋介石命令河南省政府主席韩复榘逮捕自己的密令后，连夜出逃，回到太原，并决定倒蒋。

阎锡山回太原不久，吴铁城奉蒋之命赴太原，请阎补行就职仪式，陪吴铁城赴太原的就是葛光庭。期间，葛光庭与东北边防军司令长官公署厅长王树翰多次密电往来，讨论时局动向。

5月，中国近代史上规模最大、耗时最长的军阀混战——中原大战爆发。

陇海铁路位居中央，津浦、平汉铁路是其两翼，因此陇海铁路得失事关全局。双方陈兵陇海，志在必得。作为陇海铁路主管，葛光庭无力左右。何况，张学良奉行中立，而他属于张学良这边。

8月，葛光庭去职，任内蒙古土默特旗公署总办。还没有捂热座位，一个月后他又重返铁路。不过，不是陇海铁路，而是平汉铁路。

1930年9月，张学良通电拥蒋，出兵华北，蒋方获胜。

张学良不仅占领了平津，还占领了平汉铁路黄河以北区段，随即任命葛光庭为平汉铁路北局局长，郭恩海为副局长。10月初，葛光庭正式接收平汉铁路北局。当时平汉铁路南局局长为南京国民政府的何竞武。

这样，一条铁路就由两个铁路局、两个局长分段管理。

在平汉铁路管理权问题上，张学良与铁道部部长孙科意见相左。孙科主张取消北局，与南局合并，将平汉铁路完全掌握在南京政府手中。张学良并不情愿。

10月22日，吴铁城致电张学良："铁道部拟调平汉路（北段）铁路局长葛光庭任陇海局长。"

葛光庭任北局局长后工作刚有起色，对于铁道部的突然拟调，大为不悦，立即回电吴铁城，反复强调自己接任后的工作状况，"收回车辆，疏通货物，路线虽仅半途，日入已达 3 万"等，拒绝调转，请求留任。张学良当然也不肯轻易放手，他请吴铁城向铁道部部长孙科"尽力说项，俾缓更改"。

10 月 28 日，吴铁城电告孙科，张学良安排葛光庭任平汉铁路管理局局长，是蒋介石早就答应的。此前吴铁城找张学良商量时，张学良认为蒋已承诺，入关后的平绥铁路局局长、平汉铁路局局长、正太铁路局局长、沧石铁路局局长就应该由自己先行委派，再由铁道部正式任命。

孙科只能后退一步，说等平汉铁路"全线贯通，再行办理"。当时黄河铁路大桥因战争中断，正组织修复。

不料，南北全线通车之后，铁道部对葛光庭的任命仍未发布。孙科还是想用调离葛光庭的办法，来达到将平汉路北局划归南京管理的目的。与此同时，蒋介石对张学良采取"怀柔政策"。

11 月 12 日，张学良在葛光庭等陪同下赴南京，就华北善后等问题与蒋介石磋商，得到蒋介石的隆重礼遇，文武官员迎接，鸣礼炮 19 响，蒋亲致欢迎词。最让张学良受宠若惊的是，蒋介石竟以对等的身份，而不是以对待下属的方式迎接他。

此前，张学良被南京国民政府任命为全国陆海空军副总司令，节制北方诸省，政治生涯达到最辉煌的顶点。那时他刚近而立之年。

此次南京之行让张学良感到春风得意，无上荣光。所以，12月 6 日张学良返回天津以后，对移交平汉铁路北局也就不在利益上多考虑了。

回到北平后，12月12日晚，葛光庭在北局机关会见记者，告知铁道部委任自己为胶济路管理委员会委员长，拟定日内交接结束后，即赴青岛就职。

至此，平汉铁路北局移交进入实质性阶段。

孙科对能否顺利接收北局心里没底，于是抬出蒋介石向张学良施压，12月16日致电张学良："系奉主席令办理。"

张学良态度改变。12月18日复电孙科："已令葛委员长光庭，即日将平汉北段移交，并遄赴胶济局。"

12月19日，蒋介石致电张学良："已饬该局何局长竞武趋见，希详赐指导，并希转知葛静岑兄即日交卸，速赴胶济路新任为荷。"

一名铁路局长的调动，竟然惊动了蒋介石。这源于葛光庭的深厚资历和铁路在时局中的重要地位。

同一天，孙科致电张学良："调葛君光庭充胶济路委员长令已发表，请饬该员将平汉北段早日移交，并速赴胶济路任事。"

这时铁道部的任命倒是十分迅速。

12月20日，张学良致电铁道部："已令葛光庭将平汉路北段管理事务移交铁道部，请派员前来接受。"

12月21日，张学良致电蒋介石："关于平汉交替一事，遵已转令葛局长光庭知照，谨电陈复。"

12月30日，张学良致电住在天津国民饭店的葛光庭："该路事务乏人主持（注：那时胶济铁路负责人萨福均已调铁道部），请饬葛委员长早日将平汉北段移交，即遄赴胶济局任。"

此刻已是年终岁尾。葛光庭就职平汉铁路的这4个月，是在南北"拉锯战"中度过的。

1931年1月10日上午11时，平汉铁路南北双方在北局机关正式移交：葛光庭、郭恩海将正副局长印绶亲自交给何竞武。

第二天，胶济铁路管理委员会委员长葛光庭、包宁工程局局长郭恩海同车赴天津，晋谒张学良，报告交接经过。

葛光庭在天津稍事休息，旋即赴青岛就职。

四

1931年1月，葛光庭正式就职胶济铁路管理委员会委员长。

葛光庭上任这年，发生了九一八事变，青岛、济南的学生先后赴南京请愿，给铁路运输造成不小的冲击，此事惊动了山东省政府和南京国民政府。相信葛光庭承受的压力也一定不小。

更大的压力还在后头。1932年，日本又在上海制造了一·二八事变。受此影响，胶济铁路"往日有货无车之景象，一变而为有货有车无推销之路"，"全路货运不但未能发展，且更日趋清淡"，收入锐减，几致"突破历年最低之记录"。

那时的中国，频遭日本骚扰。1933年初，日本大举进攻热河、承德，进逼长城。这时，葛光庭的一位老朋友——李烈钧来到了济南。

李烈钧，字侠如，江西九江人。清末及中华民国军事将领、政治家，与葛光庭同为日本士官学校第六期学生，学的都是炮兵。1918 年在广东军政府军委会时，李曾为葛的上司。

李烈钧这次是为抗战而来。3 月 3 日，李烈钧作为南京国民政府代表，北上视察战事，先后在张家口会晤了冯玉祥，在保定会晤了蒋介石。3 月 24 日，李烈钧到济南面访韩复榘、葛光庭等，鼓动抗日。

作为铁路高管，支援抗战，葛光庭有自己的表达方式。

3 月，胶济铁路员工 5000 余人，为慰劳抗日战士，一次捐款即达 5000 余元，用捐款购买风镜 6000 副、汗衫 1600 件、河鞋 2000 双，余款购买钢盔等。

葛光庭主掌胶济铁路时期，正是韩复榘主政山东时期。中原大战后，韩复榘任山东省政府主席。

两人都曾是冯玉祥的部下。葛光庭 1914 年 7 月在第十六混成旅步兵第三十五团任团长时，韩复榘还是排长。

两人都有在河南工作的经历。葛光庭 1930 年在郑州任陇海铁路管理局局长时，韩复榘任河南省政府主席。

基于此，1931 年 12 月，葛光庭兼任山东第三路军总指挥韩复榘部高参、山东省政府参议，代表韩复榘赴南京面见蒋介石，联络并请示山东事宜。想必韩复榘看中了葛光庭与南京方面的关系，毕竟葛光庭在南京任职多年，人脉很广。

葛光庭曾出谋划策，劝韩复榘拜张仁奎为师。

张仁奎，山东滕州人，旧上海青帮大佬，徒弟多属社会名流，如上海市市长吴铁城、高级将领蒋鼎文、上海银行公会会长陈光甫、交通银行总经理钱新之、中央造币厂厂长韦敬周，汪伪"外交部"部长夏奇峰、"宣传部"部长林柏生等。

1933 年 9 月 13 日，韩复榘要召开全省军政会议，应命莅会的高级将领只有孙桐萱一人，政务方面的要员则更是十有八九缺席。韩复榘大发雷霆，严令究诘。心腹告知：青帮老太爷张仁奎在山东滕县沈庄老家给儿子操办婚事，山东全省军政要员都去送礼了！

韩复榘这才意识到张仁奎的巨大影响力。经葛光庭指点，韩复榘拜于张仁奎门下，成了记名弟子。

背靠大树好乘凉。尽管胶济铁路属铁道部直管，但毕竟在山东地盘，需要仰仗封疆大吏的支持，所以葛光庭对韩复榘的"联络"可谓无微不至。韩复榘自然也是投桃报李。有了韩复榘的支持，葛光庭在整肃军人无票强行乘车问题上，腰杆儿也就硬起来了。

一日，韩复榘部一个少将师长不购票坐一等包厢，其随从还打伤查票人员。此事报到葛光庭处，葛光庭随即找到韩复榘，要求其约束部下。韩复榘当即召来那个师长严加训斥，还当着葛光庭的面打了这个师长一耳光，责令他道歉并支付赔偿。

从此军人强行乘车销声匿迹，铁路秩序为之一新。

1928 年至 1938 年，南京国民政府铁道部部长先后有七任：孙科、连声海、叶恭绰、陈公博、汪精卫、顾孟余和张嘉璈。铁道部部长宛若"走马灯",而葛光庭宛若"不倒翁"。

葛光庭在任期间,还于1935年夏天,成功承办了第三届铁展会,这是中华人民共和国成立前青岛承办的规模最大的一次全国性展览会。

葛光庭的铁路事业于1937年被打断。

七七事变后,铁道部饬令胶济铁路当局把机车车辆向内地迁移,胶济铁路管理委员会也从青岛搬到了济南。济南沦陷前夕,葛光庭乘最后一列火车撤离济南。之后他避居香港,不久回上海法租界定居,从此退出了铁路舞台。

1962年6月15日,葛光庭病故,离他82岁生日还差三天。

纵横捭阖,风雨乾坤。一代风云人物,化作昨夜星辰。

先生之风山水长

　　题目中所说的"先生"，是蔡元培、老舍、废名、王统照等人。20 世纪 30 年代，他们共同与一所位于青岛的铁路中学产生交集，它就是当时全国铁路系统办起的第三所中学——胶济铁路中学。

　　在胶济铁路博物馆，有一张"中华民国二十五年六月"的毕业证，落款为"胶济铁路中学校长崔士杰"。还有一张 1950 年 7 月 1 日的毕业证，名称已变为"青岛铁路职工子弟中学"，校长是"于渐海"。

　　最初，它是附设于胶济铁路青岛小学内的一个初中班，时为1925 年 9 月。1927 年 3 月，初中班从小学内迁至广西路 26 号，正式挂牌"胶济铁路青岛中学"，以下简称"胶济铁中"。

　　此后，胶济铁中多次搬迁。1928 年春，移至德县路 4 号；夏，租浙江路张勋旧居；1930 年，租国立青岛大学第四校舍；1931 年 3 月，在四方区杭州路 3 号、四方机厂对面建新校。胶济铁中生源主要为胶济铁路职工的直系亲属。

20 世纪 30 年代左右，胶济铁中与蔡元培、老舍、王统照等众多名流学者互有往来。一时间，星光闪耀，满园生辉。

一

蔡元培与胶济铁中的关系，还要从他与胶济铁路的关系说起。

早在华盛顿会议确定胶济铁路由中国政府赎回后，1922 年 5 月 4 日，蔡元培在北京《晨报》上发表《五四运动最重要的纪念》一文，指出：

> 五四运动，为的是山东问题。山东问题，现在总算告一段落，但是运动的结果，还不能算完满。必要集股赎路，确有成绩，把胶济路很简单地赎回，其他问题，自然"迎刃而解"了。所以集股赎路是我们最重要的纪念，大家不可不努力。

蔡元培与胶济铁路的渊源，还体现在筹资办学上。

国立青岛大学创办时，时任中央研究院院长的蔡元培是筹备委员会九名委员之一。当时办学经费紧张，1929 年 8 月 3 日，他致信国民政府监察院院长吴稚晖："其经费预算年 60 万元，拟请中央政府及省政府各出 24 万元，而市政府与胶济铁路各出 6 万元……"

这座大学的创办，自此也就有了胶济铁路的一份功劳。

蔡元培筹建青岛海滨生物研究所，胶济铁路也功不可没。

⊕ 青岛铁中老校门。

1934 年，中央研究院院长蔡元培和总干事丁文江主张在青岛建海滨试验所，并以私人及海洋组中国分会名义，向各方筹募经费。经过一年努力，募集年度研究经费 3800 元，其中胶济铁路当局就认捐 1800 元，几近一半。

基于此，蔡元培与胶济铁路的关系就更近了。

1934 年 9 月 28 日，在青岛逗留的蔡元培应邀到胶济铁中演讲。邀请他前来的，是胶济铁路管理委员会委员崔士杰。崔士杰还有一个身份：胶济铁中校长，是 1932 年 6 月上任的。

崔士杰，山东淄博人，1919 年参与接收青岛及胶济铁路，1927 年任国民革命军第二集团军参议，1928 年济南"五三惨案"后，接替遇难的蔡公时任山东省外交特派员。

以下是 1934 年 9 月 28 日蔡元培在胶济铁中的演讲。

诸位同学：

今天承崔校长见约，参观贵校，得与诸位一谈，甚为愉快。

诸位须知，有许多小学毕业生，想进中学而不能，诸位能进中学，已为难得。且诸位都是铁路员工子弟，在本路学校求学，一切都很方便，更为难得。诸位须知，现在求学，是为将来服务社会的预备，若学的不完全，将来不能有贡献于社会，便是辜负了社会的培养，与欠债不还一样，所以我们就觉得求学很苦，也不能不用功，况求学是很乐的事，为什么不努力呢？

⋯⋯⋯⋯⋯

二

崔士杰的前任是宋还吾。

宋还吾，原名宋锡珠，山东菏泽成武县人，历任山东省立第二师范校长、胶济铁路青岛中学校长、山东省高级中学校长、湖北中学校长等职。

算起来，宋还吾还是蔡元培的学生呢。宋还吾就读北京大学时，校长就是蔡元培。1928 年，宋还吾就任山东省立第二师范校长。这一任命，得益于时任山东省教育厅厅长的何思源。宋与何都是菏泽人，都是北大毕业。当然，都是蔡元培的学生。

秉承蔡元培思想自由、兼容并包的办学方针，宋还吾积极提倡民主，反对封建礼教，提倡新文化，扶植进步力量。由此也引起了轰动全国的《子见南子》案。

《子见南子》是林语堂创作的一部拿孔子开涮的新编历史剧，1928 年发表在鲁迅、郁达夫主编的《奔流》月刊 10 月号上。此剧颠覆了孔圣人形象，同普通人一样，面对美色也是心动神摇。此剧受到广大青年的热烈欢迎，各地学校争相排演。

在宋还吾的支持下，1929 年 6 月 8 日晚，该校演出了这部话剧，引起部分孔子后裔的强烈不满，联名向教育部部长蒋梦麟告状，要求"迅将校长宋还吾查明严办，昭示大众"。

蒋梦麟速派人调查。宋还吾呈答辩状。此状经媒体公开，迅速引爆舆论。蔡元培（时任监察院院长）和蒋梦麟站在学生这边。而孔祥熙（时任工商部部长）则力主严惩，向教育部施压。最终，山东省教育厅厅长何思源为了息事宁人，将宋还吾调离。

有意思的是，支持这一剧目的宋还吾受了处分，创作这一剧目的林语堂却无人追究。置身事外、毫发无伤的林语堂，只能对深陷其中、无端受过的宋还吾表示"十分抱歉"。

1929 年 12 月，宋还吾到胶济铁中赴任，一如既往地推行开明办学的方针。

在宋还吾的支持下，校园剧团非常活跃，演出过田汉的《梅雨》、曹禺的《雷雨》等。

剧团骨干耿震是铁路子弟，后来参加了周恩来、郭沫若领导下的抗日演剧队，新中国成立后担任过中央实验话剧院编导、北京人民艺术剧院导演、中央实验话剧院艺委会主任。他还主演过电影《还乡日记》《乘龙快婿》等，执导过话剧《报童》。

胶济铁中剧团骨干严家琦，艺名严俊，其叔父严华是著名电影演员、歌手周璇的丈夫，姑姑严斐是刘琼（《阿诗玛》导演）的妻子。受家庭影响，严俊酷爱戏剧，从铁中毕业后，先在上海从事话剧表演，后进入电影圈，主演过《青青河边草》等 20 多部电影。后来他又任导演，在香港把沈从文的小说《边城》搬上银幕。后来严俊与李丽华结婚，二人均获香港电影"金马奖"。

1931 年九一八事变后，宋还吾支持学生赴南京国民政府请愿。

当局批评其"误人子弟"，宋还吾提出辞职，后被师生挽留。

1932年，当局搜捕校内共产党员，宋还吾支持师生予以掩护，再次激怒当局，被迫于1932年6月辞职，去山东省立高级中学任校长。屈指算来，他在胶济铁中任职两年半。

七七事变后，宋还吾带领学生南下流亡，任湖北中学校长。由于积劳成疾，1938年9月，宋还吾病故，葬于湖北郧阳，年仅44岁。

一位开明人士，倒在流亡路上，葬在异地他乡，令人扼腕长叹。

三

宋还吾在胶济铁中主政期间，旗下有一位青岛新文学的开创者：曾在北京中国大学担任教授的王统照。

1926年7月，因寡母病危，王统照匆忙辞职，从北京赶回诸城故里。1927年母亲去世后，王统照举家迁往青岛，在观海二路建起了一所海景房。这里的美景让经受丧母之痛，也经受苦恋之痛的王统照得以好好疗伤。用他自己的话说："海色天风，最适人意。"

1929年，王统照在胶济铁中教国文，启蒙学生发起成立文学社团。一时间，文学之风荡漾校园，飘向社会。

学生郝复俭组织了绿萍社，在《胶济日报》出刊《文学》周刊；臧宣达、汪志馨等组织了涛社，在《青岛民报》出刊《南风》周刊，在《青岛时报》出刊《诗》周刊；赵俪生等在《胶济日报》出刊《浪花》周刊，由于就读铁中时开始文学创作，后在教学之余仍从事文学创作，出版有小说《中条山之梦》等。

郝复俭后来成为无线电与惯性器件技术专家，是中国导弹与航天惯性器件技术的主要开拓者之一。汪志馨后来成为环太平洋地区著名核物理学家、美国俄亥俄州立大学核物理系主任。有意思的是，这两位当初的文学爱好者，却在理科上取得了突出成就。

再说文学社团的指导老师王统照。1929 年 9 月 1 日，王统照创办了青岛历史上第一个文学月刊《青潮》。后人称：在 1930 年国立青岛大学引来闻一多、梁实秋、沈从文等人之前，王统照独领青岛新文学之风骚。王统照在胶济铁中任教直到 1931 年初，铁中文学创作活动一直持续到 1932 年。

四

曾经在胶济铁中任教的，还有一位著名学者：废名。

废名，本名冯文炳，湖北黄梅县人。他是现代文学史上的一个异数，也是跨诗、文、佛诸多领域而难以归类的学者。在中国现代作家里面，他是名气极大的一个，也是读者极少的一个。他文风晦涩，诗意盈盈，是"京派作家"的代表人物。他是与周作人惺惺相惜的弟子和知己，也兼具鲁迅的追随者与批评者于一身。

1931 年初，废名来到青岛，想谋一份在青岛大学教书的工作。

他在 1 月 12 日给周作人的信中说："青岛这地方很好，想在这里住它一个春天，另写一信给平伯，请他或由他另约几位与杨振声有交情者共同写一信与杨替我谋三四点钟功课，不知如何。"

废名在信末特别注明："来信寄青岛铁路中学修古藩转"。

修古藩同废名一样，都是 1929 年从北大毕业，此时正在胶济铁中教书。据赵俪生回忆："修老师是大量将鲁迅、周作人作品和译品印成油印讲义发给我们的人。我们开始知道有《域外小说集》《现代小说译丛》《日本短篇小说集》，都是从他讲课中得知的。"

周作人收到信后，托俞平伯向杨振声说项，未成。废名遂应聘到胶济铁中，教授"文学史"与"学术文"。尽管不清楚废名在铁中的讲课情况，不过从后来他在北大的讲课情况看，实在是别具一格。

据当时的北大学生、现在的北大教授乐黛云回忆：

废名先生讲课的风格全然不同，他不大在意我们是在听还是不在听，也不管我们听得懂还是听不懂。他常常兀自沉浸在自己的思绪中。他时而眉飞色舞，时而义愤填膺，时而凝视窗外，时而哈哈大笑，他大笑时常常挨个儿扫视我们的脸，急切地希望看到同样的笑意，其实我们并不知道他为什么笑，也不觉得有什么可笑，但不忍拂他的意，或是觉得他那急切的样子十分可笑，于是，也哈哈大笑起来。现在回想起来，这种类型的讲课和听课确实少有，它超乎于知识的授受，也超乎于一般人的道德的"熏陶"，而是一种说不清、道不明的"爱心"、"感应"和"共鸣"。

尽管废名在胶济铁中任教时间不长，但在胶济铁中的教职员名录上，却永久留下了他的名字。

五

到过胶济铁中演讲的，除了著名教育家蔡元培，还有著名作家老舍。

老舍，本名舒庆春，字舍予，满族，北京人，1934年9月初，老舍离开济南，乘火车赴青岛，到新组建才两年的国立山东大学，在中国文学系任教。

时年35岁的老舍已经名声在外，创作出了《老张的哲学》《赵子曰》《二马》《小坡的生日》《大明湖》《猫城记》《牛天赐传》等多部长篇小说。1935年暑假期间，他与洪深、王统照、臧克家、吴伯萧、赵太侔等12位作家，在《青岛民报》附出《避暑录话》周刊，顿时一纸风行。

如此知名作家，胶济铁中怎能放过？暑假之后，老舍就被邀请到了深受文学浸染的四方区校园。

这段经历，被亲历者、1918年出生的青岛外语教育家叶瑛桐先生记录下来。

据叶瑛桐回忆："老舍先生到四方铁路中学演讲的时间是1935年秋天开学不久，地点在学校礼堂内。这天，老舍先生兴致勃勃，礼堂内座无虚席，实在找不到座位的学生就挤在一起，大家都为能亲耳聆听先生的演讲而感到十分荣幸和高兴。"

在叶瑛桐眼里，老舍中等身材，穿着灰色毛呢长袍、西裤、皮鞋，让人一看便知是个潇洒的学者。

老舍先生演讲的题目是"南洋漫游记"，内容是关于爪哇、苏门答腊岛等南洋地区当地人、华人的生活风俗。

有人奇怪，老舍何时到过南洋？原来，1924年7月，老舍从上海登上开往英国的航船，到伦敦大学东方学院担任汉语教师，从此开始了长达5年的异域生活。这条航线，自然要经过南洋。这段经历，也就成了老舍信手拈来、也让师生颇感奇异的演讲素材。

对于那里丰富的物产，老舍娓娓道来。

说到当时南洋人的遭遇，老舍打了一个很形象的比喻："南洋社会好比一个烤熟了的芝麻烧饼，西洋人是最上层的芝麻粒，人数不多，躺在烤熟了的最上层，香喷喷的很舒服。而当地人和中国人是烧饼的中心，四面不透气，上面有人压迫。但最苦的还是当地人，他们是烧饼的最下层，在炉火上烤焦了，没有一点甜味，只有苦味……"

"哗——"当时台下师生报以热烈的掌声。

一座中学，一群名流，机缘巧合，让他们有了一段美丽的相约。这是胶济铁中的精神财富，也是胶济铁路的历史财富。

如今，名流虽已远去，风范却长留人间。

巨石专列路漫漫

在胶济铁路博物馆，有一块青灰色的花岗石，静静地立在展柜里。这块石头来自青岛浮山大金顶，谁能想到，它居然与人民英雄纪念碑有着千丝万缕的联系。这还要从一个电话说起。

"叮铃铃……"

地点：济南铁路管理局调度室。

时间：1953 年 8 月的一天。

调度长袁遐庐顺手抓起电话，青岛调度所夜班"特调"来电：装运北京的一块罕见的花岗岩巨石，无法用现有车辆装运，请求调配一辆 120 吨的长大平板车并游车（起转向缓冲作用）一辆。

当时铁道部给济南局下令：青岛站发送你一批超限货物，是国家某号重点工程物资，必须快速安全地运往北京，责成济南铁路管理局负责。

局长方震批示：由调度科阅办。

但是，承运这块巨石难度很大。一没有大型平板货车。那时济南局最大的平板车就是载重 60 吨的，没有载重 120 吨的。二是没有特殊的加固材料。三是经过上承桥梁如黄河大桥等，是否容许通过，尚须公安部门核查。

袁遐庐后来才知道：这块巨石，就是建造人民英雄纪念碑的碑心石。

一

1949 年 9 月 30 日，举行开国大典的前一天，中国人民政治协商会议第一届会议做出一个重要决定：在天安门广场中心建立人民英雄纪念碑。

会议结束后，当天下午 6 点，毛泽东、朱德、周恩来等领导人和政协代表来到天安门广场，参加人民英雄纪念碑奠基典礼。

周恩来代表主席团致词："我们中国人民政治协商会议第一届全体会议，为号召人民纪念死者，鼓舞生者，特决定在中华人民共和国首都北京建立一个为国牺牲的人民英雄纪念碑。现在，1949 年 9 月 30 日，我们全体代表在天安门外举行这个纪念碑的奠基典礼。"

之后，全体代表脱帽静默致哀。

接着，毛泽东宣读了他亲自撰写的纪念碑碑文。那浓重的湖南口音第一次响彻在广场上空：

三年以来，在人民解放战争和人民革命中牺牲的人民英雄们永垂不朽！

三十年以来，在人民解放战争和人民革命中牺牲的人民英雄们永垂不朽！

由此上溯到一千八百四十年，从那时起，为了反对内外敌人，争取民族独立和人民自由幸福，在历次斗争中牺牲的人民英雄们永垂不朽！

随后，毛主席和代表们一起执锹铲土，为人民英雄纪念碑奠基。

不久，人民英雄纪念碑兴建委员会成立。这个委员会由中央及地方17个单位组成，铁道部是其中之一。北京市市长彭真任主任委员，郑振铎、梁思成任副主任委员。

根据建筑学家梁思成的设计方案，纪念碑由碑身、须弥座和台座三部分组成，其中碑身部分花岗石的选料从全国范围内寻找，看哪个地方的石料合适。

纪念碑由17000块花岗石和汉白玉砌成，碑心石是最主要的大石料。按照设计方案，"人民英雄永垂不朽"八个大字要刻在一块长约15米、宽3米、厚约0.6米的整块碑心石上，是建碑中最主要的一块大石料。为了保证碑心石不折断，开采石料的毛坯厚度必须达到3米，这就意味着这块巨大的毛坯石料将重达300吨以上，是中国建筑史上极为罕见的完整花岗石。

　　到哪里去开采如此巨大的石料？专家们经过对全国各大山脉岩石情况分析考察，认为青岛崂山最西端山峰浮山大金顶上的石料石质均匀，而且耐风化，最后确定采用这里的石材。

　　第一步是选材，绝对不能有裂纹，哪怕是细小的裂纹也不行。可是，如何验证有没有裂纹呢？青岛料石厂原厂长王文健是当时的亲历者，他介绍说："方法是用水浇，有裂纹的地方，就会留下水渍。"

　　就是依靠这种方法，他们选好了采石地点。

　　地点选好了，可开采是个难题。这么大一块石料，完整开采出来，连经验最丰富的老石匠都非常打怵，因为从来没干过。

　　时任兴建委员会施工组副组长刘士元说："当时想了不少办法，最初方案是用小炮炸开，但试验后不行。经大家反复讨论，确定沿着石料周围开一个两米多的槽。再沿着石料底部，横向开很多大楔子，周围的人调着号子一起捶，慢慢就敲开了。"

　　王文健老人感叹："没有钻机，那时什么也没有，也没电，很不容易！"

　　就这样，从1953年4月1日开始，工人们同时采用打槽的办法，从四边往下挖，到7月下旬，一块长15.3米、宽3.55米、厚2.1米，重达300多吨的碑心石料终于成功地从岩体上剥离下来。

　　此后，料石厂警卫班班长陈玉清带人守护，防止有人破坏。据他介绍："当时浮山驻扎着海军和陆军部队。警卫班和部队有个约定，只要听到枪声，就会赶来支援。"

把巨石运下山，而且要完好无损，这又是一个难题。

青岛市政府成立了大料搬运委员会，由山东省联运公司青岛分公司及其下属的山东省青岛市搬运公司，还有浮山料石总厂、台东区公安分局、铁道部四方机车车辆厂等单位组成。最终确定由青岛市搬运公司起重运输队来完成。

当时山坡高 19 米，石料高 6 米，距坡底 60 多米，坡度 20 度，在山坡上铺上路基，上面铺上枕木、钢轨，再垫上木板，托着石料慢慢滑动，总算安然下山。

从浮山料石厂到青岛铁路专用线装车点，是整个运输过程最为艰难的一段。这段路程约 15 公里，崎岖不平，最初想铺一条临时铁路，但新中国成立不久，百废待兴，人力、物力、财力都不具备。

最后，鞍山钢铁厂老起重工张合符建议采取"滚杠"的方法。即：先铺一段移动铁轨，上面铺上一层钢管，钢管上面垫上方木，上面再铺上钢板和木板，相当于给巨石安上了"轮子"。在滚动过程中，钢轨和钢管交替前移，巨石就可以缓缓前进了。

直到 9 月 27 日，巨石才安然抵达青岛空军油库铁路专用线。屈指算来，15 公里的路程，运了一个月的时间。

二

巨石到达青岛空军油库铁路专用线后，下一步的重点，就是通过铁路转运北京。济南铁路管理局肩负起这一重任。

那时，济南局只有载重 40 吨、60 吨的车，无法承运超过百吨的巨石。其实，在此之前，这块 300 多吨的巨石已"瘦身"两次：第一次是开采出来后，经过加工，重量减为 280 多吨。随后，在开采地半山腰平坦地方进行了第二次加工，重量减为 130 多吨。

济南铁路管理局成立了由客运、货运、工务、机务、特调、军调各工种组成的小组，经集思广益、反复论证、民主决策，拟定了一个运输方案，报路局批准后，开始运作。

据袁遐庐回忆："首先向铁道部请求调入载重 120 吨以上大型平板车和特殊加固器材。铁道部调度回应说，这种车辆尚未生产，从国民党和日本人遗留下的车辆中，只有东北小丰满水电站有几辆，但是否符合要求，尚待测试。头一炮就出现卡口，我们只好建议请中长铁路管理局（中国长春铁路，当时哈尔滨至大连的哈大线为中苏共管）向苏联老大哥提出支援。经中长路局总工程师苏联专家巴拉诺夫来济南、青岛实地查看后，决定向苏联分管铁路的政治局委员从报告，从二战中待存的军用物资中，查找是否有这种大型车辆。"

幸运的是，经查找，发现确有这种车辆。经苏方批准，该车空车经国境口岸进入我国，随后入关送济南铁路管理局。

但调来的平板车，最多也只能运 90 吨。为了安全起见，铁道部最终采取最简单也最稳妥的办法，按超载 10% 预算，对大石料进行了第三次加工，将石料减重为 94 吨，连同束车设备与垫木共

⊕ 碑心石专列。

重 100 吨。全套的运输工具也装了一节车厢，警卫排和 12 名起重工人分别上了另外两节车厢。

就这样，碑心石专列从青岛出发，以直线 20 公里每小时，弯道及进站 10 公里每小时的速度，在胶济线上缓缓而行。袁退庐回忆说："随即，我们发铁路电报和调度命令通知有关各站，内容大致为发站、到站、起运日期、超限等级、区间弯道、坡道限速等。车辆、货物、公安派员随车监护。各站站长亲自接车。运转车长随时注意瞭望车辆动态，火车头派指导司机平稳操纵，大型桥梁、隧道派工作人员加固监护……根据此项命令，组成专列，从青岛开出，一路绿灯，以高等级货物列车开往济南。"

谁知接近济南站时又生变故，发现东咽喉天桥处，角度小，宽度不适应，不能保证安全。为防万一，只好将专列行至黄台站。临时抢修一条绕过济南站经北园泺口的线路。碑心石专列以 10 公里每小时的限速，由胶济线转入津浦线，然后继续北上。

没想到，中途又险些出了意外。车到德州，需要换车头。司机一时紧张，挂车时把车厢撞出十几米远。警卫排长立即命令停止前进，随即再用水龙头把石料浇了个透。第二天检查，没发现一点水迹，证明石料毫发无损。虚惊一场之后，这才放心地继续上路。

三

1953 年 10 月 13 日，碑心石专列抵达北京。从 9 月 27 日到达青岛空军油库铁路专用线，至此已经过去半个月时间。

那天，朱德总司令亲自带了一队人，在前门西车站迎接巨石进京。车站上彩旗飘飘，锣鼓喧天。

工人们又用老办法，把石料运到天安门广场的纪念碑工地。虽然前门西车站距广场不足千米，但花了整整三天时间。

据统计，为了把这块巨石安全运抵北京，先后有 7116 名工人参与其中。

在天安门广场，经最后一次加工，碑心石长 14.4 米、宽 2.72 米、厚 0.6 米，重约 60 吨。

此后青岛又分两批将 138 块 58.6 立方米的人民英雄纪念碑底座花岗岩石料运送到北京。人民英雄纪念碑底座的这些浮山石材，大的如方桌、小的则如板凳，是在仙家寨加工完成的，就近从女姑口火车站运走。

1958 年 5 月 1 日，毛泽东、刘少奇、朱德等党和国家领导人和首都各界群众参加了人民英雄纪念碑落成典礼。

从此，一座伟大的丰碑，屹立在亿万人民的心头。

曾经许多个夜晚保卫巨石的陈玉清老人，后来每次到北京，都会去看看人民英雄纪念碑。当年这块碑心石就躺在他身边，如今成为全国人民景仰的纪念碑，他深感骄傲和自豪。看着巍峨雄伟的纪念碑，想起那些难忘的日日夜夜，他禁不住眼含泪花。

如今，陈玉清老人已经作古，王文健老人也不在人世，袁遐庐老人也已风烛残年。时间会带走人们的记忆，甚至每个人的生命，可是影像和文字比我们每个人的生命更长久。所有参与这项"国"字号工程的人员，都是值得纪念的无名英雄。只可惜，许多人的名字淹没在历史深处。

往事不能如烟，青史不容成灰。

千年石佛话沧桑

往事越千年，一笑而过；

慈航渡众生，数劫何妨？

这说的是青岛市博物馆的"镇馆之宝"——千年石佛。它立身高大，法相庄严，凡去参观的游客，总会凝神仰望，驻足流连。

谁能想到，它的出生地在临淄，居然是乘坐专列来的青岛。

一

胶济铁路有个临淄站，临淄有个龙池村，龙池村有个龙泉寺。据 1920 年《临淄县志》记载："龙泉寺在龙池村西北淄水岸上，尚有石佛四，各高丈八尺。"

而山东大学历史文化研究学院博士刘海宇、青岛市博物馆研究部主任史韶霞认为："此记载不确……实为两石佛两菩萨。"即两尊大的为石佛，两尊小的为菩萨。

　　龙泉寺位于淄河东岸，是临淄著名古寺院之一，昔日殿宇轩昂，石佛屹立，碑碣幢幢，有名的临淄八景诗"秋入龙池月皎皎"，即指此处。

　　1928 年济南"五三惨案"之后，日军占领了胶济铁路全线，日本商人曾两次预谋将佛像盗回日本。据 1928 年 7 月 24《申报》报道：

　　临淄县龙池地方，有石佛两个（实为四尊），成化碑一座，碎碑一方，在数年前曾有中国败类，拟将佛碑等以三万元之代价售予日本人，为地方人士闻知，出面干涉，故未成交，此次日本占据济南及胶济路沿线以迄青岛，龙池适在日本人所谓二十里以内，某日人垂涎龙池之古佛、碑等已久，乃于本月十五日，率人将佛碑一并劫取，运至淄河店车站，预备运往日本……

　　文中"日本人所谓二十里以内"，源自日本山东派遣军第六师团长福田彦助 5 月 7 日给北伐军总司令蒋介石的最后通牒："南军须撤退至济南及胶济铁路沿线两侧二十华里之地带，以资隔离。"

　　文中提到的"淄河店车站"，是胶济线上的一座车站，位于山东淄博市临淄区齐陵镇，建于 1903 年，2006 年电气化改造中被撤销封闭。尽管此站不再办理任何业务，却因为这一事件长留史册。

　　文中的"中国败类"，共同指向一个叫于桂林的人。关于他的身份，有"淄河乡乡长"和"龙池小学校长"两种说法，抑或身兼两职？不得而知。

　　据当地老者讲，时任龙池小学校长的晚清秀才于桂林，与村长周鸿儒等人勾结日本人，策动了这次事件。佛、碑运上淄河店车站后，因当地群众强烈反对，日本人被迫停运，只偷走了两颗菩萨头像。这次事件失败后，在群众中曾流传一首民谣：

　　　山东青州府，临淄一小县；
　　　离城八里地，有个于大汉；
　　　提着文明棍，常把四乡串；
　　　龙池办学校，他当大总办；
　　　上庙十亩地，卖了一大半；
　　　庄后四尊佛，站着真好看；
　　　大汉眯眼笑，心中暗盘算；
　　　快去找铃木，问值多少钱；
　　　大洋三千整，卖契把名签；
　　　不知国廉耻，宁肯当汉奸；
　　　决心早下定，想往日本贩；
　　　鬼子忙铺路，直通淄河滩；
　　　惊动四乡人，男女都来看；
　　　佛爷不愿走，棕绳都扯断；
　　　木杠滚子木，运到淄河站；
　　　遭到众人反，佛像始得安。

　　二

　　石像能够保全，除了得益于当地民众，还得益于一名铁路高管，他叫栾宝德。

　　栾宝德，字益修，山东栖霞小栾家村人，1905 年就读青岛礼贤书院，毕业后考进青岛德华特别高等专门学堂，攻理工专业，毕业后任该校助教。1914 年赴德留学，修土木建筑专业。毕业回国后，在济南机车车辆厂任职，1925 年奉交通部令任津浦区济南铁路管理局青岛办事处主任及四方机厂厂长，同时任礼贤、文德、崇德三校董事长。青岛解放后，经中央政务院任命为青岛市人民政府委员，并历任青岛市各界人民代表会议常务副主席、委员。青岛市政协成立后，曾任市政协委员。1977 年 1 月 17 日病逝，享年 86 岁。

　　栾宝德曾向青岛市博物馆工作人员回忆："当时，这批用草绳缠裹的石佛和石碑因无人管理，一直躺卧在淄河店车站任由风吹雨蚀。而石造像和石碑运至青岛的时间应该是 1930 年，运上火车的时候，沿途铁路桥梁都用道木顶起来加固，以防过载。用人工滑动移位，再用几架加重的神仙葫芦吊运，用了大约半个月时间，才把石佛运来青岛。"

　　负责承运的工头是四方机厂的领工孙义堂。据他回忆："我们到了淄河店车站，起重设备不足，生拉硬吊，把石佛调到平板加重车上，四周用道木挤着、衬着、捆着。过铁桥时，车行很慢，一站一站拉到四方。缺了的两个佛头，是四方机厂工人用水泥配上的，还有掉了的手也配上了，裂了缝的莲花座都打上了铁把锔。据工程师计算，大佛各重 30 吨，小佛每尊也有 20 吨。"

青岛市博物馆副研究员王集钦回忆："他们用了十多天的时间，才把石佛运到四方机厂北边的四方公园内，并排安置在荷花湾西岸。后来，四方机厂扩建时便把石佛划进了厂区内。"

在王集钦童年的记忆中，荷花湾是最好的去处，四尊石佛一溜排在荷花湾西岸，水中倒影清晰。他经常趴在莲花座上，仰望石佛面带慈祥的笑容，小小的心灵感到欢欣，也跟着石佛笑。他绕着每尊石佛的莲花座，摸着转几圈，转够了也累了，才恋恋不舍地跟着母亲回去。

三

从小与石像结缘的王集钦，后来不仅在青岛市博物馆工作，还于 1979 年参与了把石佛运往青岛市博物馆的迁移任务。为了将佛像顺利运送进博物馆的院子，青岛市调用了最大的吊车——两台 20 吨吊车。当时王集钦手执小红旗，谨慎地指挥着把石佛安放在台基上。因为石佛太重，竟将院内铺地石条压陷地下二三十公分。

王集钦对大佛的观察和描述非常细致：

头为高肉髻，挺着漂亮的长颈，内着僧祇支，胸前束着僧祇支带，外披我国民族形式的褒衣博带长衣，前身衣纹作 V 字形平行排列。右手掌向上伸着是为扬善；左手掌指向下，是为隐恶，这是慈善心肠的手势。跣足立于莲花座上，莲花瓣下有四方形的须弥座，座四周刻有守护罗汉、伎乐师从等。

经专家鉴定，两尊大佛为北魏中晚期风格，建造年代约在北魏景明、正始之后，北齐、北周之前，公元 500 至 550 年之间，明显带有印度佛教与希腊文化结合而成的犍陀罗佛教艺术痕迹，又吸收马土腊地区佛像因素，与中国审美趣味水乳交融，有力度而不失精细，颇具刚柔相济之美。两尊小佛的时期较晚，约在唐代早期，仍受隋以上源流的影响，同样造型优美，雕刻技法娴熟，衣纹细致柔和，神态栩栩如生，显示出很高的艺术水准。

此后，北魏石佛一直是青岛市博物馆的"镇馆之宝"。1998 年，工作人员又把石像从院内迁移至东部新馆室内。目前，作为中国博物馆室内陈列古代石造像，"双丈八佛"体量最大，且同殿两佛并立，皆为北魏圆雕，为国内所仅存。

站在历经沧桑的古代石像前，遥想它所走过的千年岁月：风霜雨雪，雷电水火，战乱厮杀，败类出卖，颠沛流离……磨难大于欢乐，纷扰多于安宁，看尽人世悲欢，阅尽世事浮沉，而它依然慈悲为怀，脸上带着永恒的、祥和的、法喜的微笑……

↑ 青岛市博物馆的"镇馆之宝"——千年石佛。阎立津 / 摄

后记

前行不忘来时路

　　铁路，工业文明的象征。中国铁路的变迁史，既是一部交通发展史，也是一部时代进步史。在中国现代工业文明发展进程中，中国铁路一直承担着先驱的作用。火车来，商埠开；铁路通，百业兴。铁路的发展不仅影响着人们的生产方式、生活方式、思维方式和价值观念，甚至还影响着一个地区乃至一个国家的经济格局。

　　因为胶济铁路的诞生，作为山东最早开埠城市、独领风骚的烟台，被拥有铁路、后来居上的青岛所超越。1908 年，胶济铁路通车第四年，青岛进出口贸易额就超过烟台，以至于 1909 年烟台绅商学界呼吁尽快修建烟（台）潍（坊）铁路，以阻下滑颓势。可是事与愿违，到 1910 年，烟台港失去了山东第一大港和山东第一对外商埠的地位。

　　因为胶济铁路的诞生，加之津浦铁路的建成，在中国历史上举足轻重的大运河，在南北运输及贸易中的地位一落千丈，沿岸城镇因交通优势的丧失相继衰落。此后，以青岛为代表的东部沿海地区迅速崛起，山东经济重心逐渐由鲁西地区向鲁东地区转移，历时多个朝代的"西强东弱"经济格局，被"东强西弱"所取代。这种经济格局一直延续至今。胶济铁路巨大的驱动作用由此可见一斑。

近年来，胶济铁路发展迅猛，擎起了山东发展的主轴，成为山东最重要的经济走廊。截至 2022 年底，青岛、济南、潍坊、淄博四市，GDP 总量 38657 亿元，占山东全省的 44%；人口 3371 万人，占山东全省的 33%。胶济铁路催生了一条经济隆起带，不愧为名副其实的"黄金通道"。

这条"黄金通道"，在 1990 至 2018 年的近三十年中，实现了四次大的飞跃：一是复线建设；二是电气化改造；三是客货分线；四是济青高铁。

1990 年 12 月 28 日，胶济复线全线通车，结束了胶济铁路 86 年单线行车的历史，列车时速由 80 公里提升至 100 公里以上，全程运行时间由 8 个多小时压缩至 5 个小时，年货运能力由 1800 万吨提升至 3000 万吨以上。

2003 年 3 月，胶济铁路电气化改造工程拉开帷幕。经过三年的艰苦奋战，2006 年 9 月 8 日，线路开通运营。这是山东第一条电气化铁路，也是中国第一条设计时速 200 公里的既有线改造工程，被铁道部树为铁路既有线电气化改造示范工程。

2007 年 4 月 18 日，是一个具有里程碑意义的日子，中国铁路实施第六次大提速，胶济铁路首次开行动车组列车，即墨至高密区段最高运行时速达 250 公里，济南至四方（当时青岛站正在改造，四方站为过渡站）全程运行时间压缩至 2 小时 24 分，标志着中国铁路既有线提速跻身世界铁路先进行列。如果说第六次大提速是中国迈向高铁时代的开启者，胶济铁路可谓是中国迈向高铁时代的开拓者。

2008 年底，历时两年的胶济客运专线工程全线竣工，胶济铁路从此告别了自开通以来 104 年客货混跑、相互制约的历史，实现了客货分线，客畅其行、货畅其流不再是梦想。

十年之后，2018 年 12 月 26 日，又一项具有划时代意义的标志性工程竣工运营，它就是齐鲁大地上第一条高速铁路——济青高铁，为中国"八纵八横"高速铁路网青银通道的东端部分。济青高铁开通后，济南至青岛运行时间压缩至 1 小时 40 分。自此，胶济通道实现济青高铁、胶济客专、胶济铁路（货线）"三线并行"。

新时速，新征程。如今，济青高铁与青荣城际、青盐铁路、潍莱高铁、济莱高铁以及将于 2023 年 11 月底开通运营的济郑高铁，构成了连接济南、青岛间多个中心城市和通达山东沿海烟台、威海、日照等中心城市的快速客运通道，形成省内"两小时交通圈"。

轨道上的山东，正在用速度重新定义时间。如今的山东，已经编织成了"四纵四横"的普速铁路网、"两纵两横一环双核"的高速铁路网。而这一切都源于最初的"一横"——1904 年建成通车的胶济铁路。

有人作过这样一个比喻：每个省份都是一本打开的书，从中可以看到它的抱负，纵横交错的铁路书写着区域发展的故事，织就着轨道上的生长图谱。如果将山东比作一本书，胶济铁路无疑是这本书的"书脊"。在这里，我们不妨把一座座城市比作一张张"彩页"。这个"书脊"，把一张张"彩页"聚拢起来，贯穿起来，形成了一部体量厚重、内涵丰富的"鸿篇巨制"。

说到书，自然想到文化。人类文明的进步，取决于文化的创造、保存和交流。自人类进入工业文明以来，社会每天都在发生变化，那些珍贵的工业遗产，成为记录这些变化的"见证者"，具有极其重要的历史价值、社会价值、经济价值、科技价值和审美价值。对于一些城市来说，保护工业遗产，既是保护城市的"根"，也是留住城市的"魂"。

百年风云中，胶济铁路沿线留下了诸多文化遗产。如胶济铁路济南站建筑群、济南老商埠建筑群、淄博站区德日建筑群、坊子站区德日建筑群、青岛德华高等学堂，还有散落在张博、博八支线零星小站的老建筑。这些老建筑记录着城市的历史，印证着城市的肌理，隐藏着城市的密码，活化着城市的生态，有的经过合理开发，又梅开二度，成为一道独特的人文景观。如胶济铁路博物馆、济南商埠文化博物馆和具有欧式风情的坊茨小镇等。

黄金通道，人文景观，一个经济，一个文化，虚实并重，内外兼修，成为彰显胶济铁路气质的鲜明标签。自然，这份气质里，还含有政治、社会、生态等诸多元素。对于这些元素，我在书中作了一定程度的呈现，尽管还很不全面，但大都有所涉及。因此，把百年胶济，连同它所拉动的城市、引发的变化、带来的影响，视为一座流动的、立体的展馆一点也不为过。

前行不忘来时路。我甚至有个大胆想法，胶济铁路历史如此厚重，遗存如此丰富，也许哪天会把整条线路申报为工业遗产线呢！当然，这需要假以时日，进行大量艰苦细致的深入挖掘、组织整理、合理开发、保护利用等工作。我的这些想法，我的这本书，也只不过是抛砖引玉而已。

2023 年，还契合了一个重要的时间节点——胶济铁路回归一百周年。1923 年，经过中国政府的积极争取，胶济铁路终于回到中国的怀抱。此前经历了巴黎和会、五四运动、华盛顿会议，国际国内，风云激荡，期间胶济铁路被日本强占 8 年之久。在胶济铁路回归百年这样一个时间点，推出《胶济铁路风云》这本书，可谓适逢其时。

感谢为这本书付出诸多心血和精力的王晓罡老师，正是因为他的仔细打磨，这本书才呈现出诸多亮色。感谢中国铁路济南局集团公司作家协会主席刘荣哲先生，正是他的牵线搭桥，让我有幸认识了王晓罡老师，并获得又一次创作机会。

由于自己水平有限，难免挂一漏万，不当之处，尚祈方家和读者批评指正。同时也希望藉此结交更多同道中人，在铁路文史研究这个领域一同耕耘，一同播种，一同收获。

不约而同，不忘来路，不改初心，不辍前行，不亦乐乎！

于建勇

2023 年 5 月